HEYNE
BÜCHER

RACHEL PEREZ

DAS PAAR

Roman

Aus dem Englischen von
Helga Mayer

WILHELM HEYNE VERLAG
MÜNCHEN

HEYNE ALLGEMEINE REIHE
Nr. 01/12064

Titel der Originalausgabe:
ODD WOMEN

Umwelthinweis:
Dieses Buch wurde auf
chlor- und säurefreiem Papier gedruckt.

Printed in Germany 1999
Umschlagillustration: © LORIS
Umschlaggestaltung: Nele Schütz Design, München
Satz: Pinkuin Satz und Datentechnik, Berlin
Druck und Bindung: Ebner Ulm

ISBN 3-453-15710-9

http://www.heyne.de

1

Valerie

Gedankenverloren runzelt Frankie die Stirn. Das entgeht Valerie nicht, deren Kopf im Schoß der jungen Frau liegt. Frankie hat in ihrer Aktentasche einige Papiere mit nach Hause gebracht, die sie aufmerksam studiert. Jetzt ist es zehn Uhr. Im Fernsehen laufen gerade die Abendnachrichten, ohne Ton. Valerie beobachtet die flimmernden Bilder. Um sich die Zeit zu vertreiben, versucht sie sich vorzustellen, was die Leute sagen. Natürlich spielt es keine Rolle, weil sie ohnehin nur Unsinn reden. Seufzend legt sie ihre Hand zwischen Frankies Schenkel, und ihre Fingerspitzen streicheln die Naht der Jeans.

Aber es passiert nichts. Genausogut könnte sie eine Statue aus Stein berühren. Keine Reaktion. Frankies Gedanken scheinen sich ausschließlich mit dem Papierkram zu befassen; sie nimmt Valeries Hand gar nicht wahr. Jedenfalls gibt es keinen Beweis für das Gegenteil. Keinen Beweis, der Eindruck auf das Gericht machen würde, denkt Valerie halb belustigt, halb ärgerlich.

Frankie ist Anwältin und nimmt ihren Beruf sehr ernst – eine hochgewachsene Frau, die ziemlich intellektuell wirkt, mit Lesbenhaarschnitt und stahlgeränderter Brille. Trotz ihrer strengen äußeren Erscheinung strahlt ihr zartknochiges Gesicht eine besondere Schönheit aus; Valerie vergöttert sie. Frankie besitzt eine makellose elfenbeinweiße Haut. Ihre Brustwarzen gleichen harten Himbeeren. Valerie liebt seriöse Frauen mit edlen Zügen und klarem Blick. Seit zwei Jahren sind sie ein Paar. Fast von Anfang an haben sie zusammengelebt wie Mann und Frau. Valerie ist die Ehefrau, und das gefällt ihr.

Beharrlich kitzelt sie die Jeans. Frankie scheint nichts zu merken. Könnte die Romanze beendet sein? Dieser Gedanke jagt Valerie kalte Angst ein. Sie ist fünfundzwanzig Jahre alt, eine Brünette mit Schmollmund, den sie hellrot bemalt. Ihr schlanker und doch kurvenreicher Körper treibt die maskulinen Frauen zum Wahnsinn. Das weiß sie, denn die Augen der Betrachterinnen verraten es, wenn sie in den Bars taxiert wird. Dieser hungrige Lesbenblick läßt sie immer wieder erschauern. Einmal hat ihr eine Liebhaberin erklärt, was den Reiz ausmacht. Der Kontrast zwischen einer schlanken Gestalt und vollen Brüsten. Aber Valerie glaubt, daß noch andere Gründe dahinterstecken, denn sie hat Frauen gekannt, die ganz verrückt nach ihrem Hintern waren. Jedenfalls ist es angenehm, hübsch auszusehen und eine verführerische Figur zu besitzen. Sie erregt gern Aufmerksamkeit. Natürlich gibt es wichtigere Dinge auf der Welt, zum Beispiel ein Zuhause, eine dauerhafte Beziehung, Geben und Nehmen – und innere Ausgeglichenheit. Und darin liegt das Problem. Obwohl sie schon seit zwei Jahren mit Frankie zusammenlebt, verstreicht kein einziger Tag, ohne daß sie die Begierde einer läufigen Hündin verspüren würde. Zumindest jeden zweiten Tag ... Und sie erwartet, Frankie würde dieses Verlangen stets stillen.

Frankie bestreitet den Lebensunterhalt ihrer Geliebten. Doch das genügt nicht. Klar, Valerie weiß das Geld zu schätzen, das Frankie in ihrer Anwaltskanzlei verdient und das ihnen einen gewissen Luxus ermöglicht. Aber sie findet, Frankie müßte mehr Rücksicht auf körperliche Bedürfnisse nehmen. Verlangt sie zuviel? Ist es lächerlich, hier zu liegen und Frankies Venusberg zu streicheln, ohne irgendeine Reaktion hervorzurufen? Valerie schaut wieder auf den flimmernden Bildschirm. Nun bewegt eine Frau mit rotem Halstuch die Lippen und redet nichts über Gott-weiß-was. Ich will doch nur ein bißchen Zuneigung, denkt Valerie. Nein, viel mehr. Wenn ich mich mit Zuneigung begnügen würde, könnte ich mir einen Pudel kaufen. Sie will richtigen Sex, den leidenschaftlichsten Sex, den andere Frauen genießen. Sie wünscht sich, Frankie würde sie zum Stöhnen und Zittern bringen, daß sich alle ihre Knochen schütteln. Wie soll eine Frau inneren Frieden ohne sexuelle Erfüllung finden? Nein, das ist einfach unmöglich. Wenn sie in diese Stimmung gerät, fühlt sie sich immer so unglaublich rastlos. Kein Seelenfrieden, denkt sie. Bei Frankie kann sie ihn in letzter Zeit nicht erreichen. Trotzdem versucht sie es immer wieder. Sobald Frankie interessiert ist, gibt es keine Probleme. Doch das passiert allzu selten, zumindest nicht oft genug, um die Dämonen aus Valeries Gehirn zu verscheuchen und ihre Muschi restlos zu beglücken. Frankie nimmt ihre Anwaltskanzlei sehr wichtig, aber Valeries arme, unbefriedigte kleine Möse ist ihr offenbar egal. Zweimal pro Woche, mittwochs und samstags – das reicht nicht, um jenes strahlende Lächeln auf Valeries Lippen zu zaubern, das einige ihrer Freundinnen zur Schau tragen. Ist sie etwa keine Ehefrau? Dem Arrangement zufolge ist sie's, und deshalb muß Frankie ihre ehelichen Pflichten erfüllen.

Entschlossen liebkost sie Frankies Venusberg, um sie endlich von den Papieren abzulenken. Durch den Jeansstoff spürt sie die Schamlippen. Aber keine Hitze. Sie hat genug Erfahrungen gesammelt, um zu erkennen, in welchem Zustand sich ihre Liebhaberin befindet. Im Augenblick ist Frankie mit ihren Gedanken ganz woanders, viel zu weit entfernt, um sexuelle Wünsche zu hegen. Valerie überlegt, ob sie's ein andermal versuchen soll, da schiebt Frankie die Papiere plötzlich beiseite und blickt auf Valeries Hand. »Was soll das?« sagt Frankie. »Ist heute Mittwoch?«

Valerie stöhnt. »Nein! Dienstag. Den ganzen Tag war Dienstag. Es macht dir doch nichts aus, wenn ich einfach nur hier liege?« Mit einem sarkastischen Lächeln fügt Valerie hinzu: »Niemals würde ich dich bei der Arbeit stören.«

»Immerhin verdanken wir dieser Arbeit unseren Lebensunterhalt«, entgegnet Frankie in ruhigem Ton.

Sie wendet sich wieder ihren Papieren zu, und Valerie nimmt an, nun hätte sie die Erlaubnis erhalten, ihre erotischen Aktivitäten fortzusetzen. Aber sie kommt sich albern vor. Da tut sie ihr Bestes, um Frankies Interesse zu wecken, und Frankie denkt nur an ihren verdammten Papierkram. So leicht gibt Valerie nicht auf. Sie dreht sich um, so daß ihr Gesicht Frankies Venusberg berührt.

»Val, Schätzchen«, stöhnt Frankie.

»Mach nur weiter. Kümmere dich nicht um mich.«

»Das ist wohl kaum möglich.«

»Versuch's doch.« Valerie zerrt am Reißverschluß der Jeans, die ziemlich eng sind. Allerdings nicht eng genug, um ihre Finger daran zu hindern, in die Öffnung zu gleiten. Durch den Slip spürt sie das Kraushaar. Dann streicht sie über die weichen Schamlippen.

»Kann ich dir die Jeans ausziehen?«

Frankie raschelt mit den Papieren und stöhnt wieder. »Oh, Val ...«

»Bitte!« Valerie haßt es, Frankie anzuflehen. Aber es scheint keine andere Möglichkeit zu geben. Sie rutscht vom Sofa, um ihr die Jeans von den Beinen zu streifen, legt sich dann wieder hin, den Kopf in Frankies Schoß, und ihre Erregung wächst, sobald sie sich gegen Frankies nur noch vom Höschen verhüllte Möse schmiegt.

Am Anfang der Beziehung hat Frankie immer die Initiative ergriffen. Valerie blieb passiv, während Frankie alles, was mit Sex zu tun hatte, anfing und sich stets etwas einfallen ließ und stets zum krönenden Abschluß führte. Damals schien sie nur ein einziges Ziel anzustreben – Valeries vollkommenes Glück bei jeder sexuellen Begegnung.

Valerie weiß nicht genau, wann sich die Situation geändert hat. Jedenfalls war der erotische Teil ihrer Beziehung nach einem Jahr nicht mehr so beschaffen wie in der ersten Zeit. Allmählich übernahm Valerie die aktive Rolle; schließlich erklärte Frankie eines Tages, sie brauche Zeit, um sich darauf einzustimmen. Deshalb sollten ihre Liebeserlebnisse nur jeweils mittwochs und samstags stattfinden. »Dann sind wir in diesen zwei Nächten nur für einander da«, meinte Frankie. Valerie war einverstanden. Wenigstens würde sie die zwei Nächte genießen, ohne daß Frankie sich dauernd beklagte. Leider genügten zwei Nächte Valerie nicht. Wie sie schon sehr bald erkannt hat, fürchtet sie die Vorstellung von diesen für Sex reservierten Nächten; denn wann immer sie sich nach Sex sehnt, ist's ausgerechnet weder Mittwoch noch Samstag. Frankie hält zwar nicht stur am Kalender fest, aber außerhalb der festgesetzten Termine muß immer Valerie den Anstoß geben und eine Abfuhr riskieren. Dann ist sie deprimiert, oder – noch schlimmer – sie streiten über belanglose Dinge, um die Unvereinbarkeit ihrer sexuellen Bedürfnisse nicht zu deutlich werden zu lassen.

Vorsichtig zieht Valerie das Höschen nach unten und entblößt Frankies Muschi. Auf den Schamlippen wachsen nur wenige Haare, auf dem Venusberg viel mehr. Frankie hält wieder die Papiere vors Gesicht. Wie sie reagieren wird, weiß Valerie nicht. Sie fürchtet, Frankie könnte ihr Einhalt gebieten. Aber Frankie rutscht nur ein bißchen auf dem Sofa umher, ohne die Schenkel zu schließen. Gott sei Dank, denkt Valerie. Vielleicht wird doch noch etwas passieren.

Von Anfang an hat sie Frankies Möse geliebt. Die Klitoris ist ein saftiger kleiner Knubbel, gerade noch sichtbar zwischen den äußeren Schamlippen. Später, wenn Frankie erregt ist, wird Valerie daran saugen und lecken wie an einer Eiscremekugel. Aber vorerst will sie ihre Liebste nur mit den Fingern reizen, weil Frankie eine seltsame Aversion gegen Cunnilingus hat. Sie ihrerseits erfreut Valerie damit sehr gern. Doch es stört sie, wenn Valerie das mit ihr macht. Es scheint sie in Verlegenheit zu bringen, was Valerie sehr betrüblich findet. Abgesehen von dem Genuß, sich den Fingern und dem Mund einer Frau zu überlassen, kennt sie nichts Schöneres, als die Muschi ihrer Liebhaberin zu lecken und zu saugen. Wie bedauerlich, daß Frankie Probleme damit hat!

Mit behutsamen Fingerspitzen streichelt Valerie die äußeren Schamlippen Frankies, bis sie sich teilen und etwas mehr vom Inneren enthüllen. Nur ein bißchen feucht, weiter unten an der Vagina, deren Öffnung etwas gedehnt ist, weil Frankie einmal ein Kind bekommen hat, das bald gestorben ist. Darüber sprechen sie nie. Aber Valerie erinnert sich jedesmal daran, wenn sie Frankies Scheide betrachtet und es merkwürdig findet, daß da ein Baby herausgeschlüpft ist. Ein Wunder.

Jetzt drängt es sie, Frankie zu lecken und ihr ein Stöhnen zu entlocken. Es wird vielleicht klappen. Oder Frankie könnte böse werden. Valerie fragt sich, warum, zum Teufel, sie mit einer Frau zusammenlebt, die viel weniger Spaß am Sex hat als sie selber.

Noch nicht, ermahnt sie sich. Sie zieht Frankies Slip wieder hoch und steht auf. »Gleich bin ich wieder da«, sagt Valerie.

Frankie murmelt etwas Unverständliches und kramt in ihren Papieren. Wahrscheinlich vermutet sie, Valerie würde ins Bad gehen.

Valerie hat etwas anderes vor. Sie läuft nicht ins angrenzende Badezimmer, sondern ins Schlafzimmer, öffnet eine Schublade der großen Kommode, die sie gemeinsam benutzen, und nimmt einen schwarzen Strumpfgürtel und hauchdünne schwarze Strümpfe heraus. Feminine Spitze und Nylon. Ziemlich hinterlistig. Aber Valerie schert sich nicht um den lesbischen Ehrenkodex. Nichts kann falsch sein, wenn es ihre Liebhaberin oder sie selber anmacht. Zum Teufel, mit den aufgeblasenen Lesben, die sich einbilden, sie wüßten genau, was eine Frau braucht. Mit diesen Dingern hat sie Frankie schon oft genug erregt. Also erfüllen sie zweifellos ihren Zweck. Das galt vor allem für den Beginn der Romanze. Damals hatte Frankie noch keine Hemmungen, beim Sex kleine Spiele zu treiben. Es gefiel ihr, wenn Valerie sich verkleidete, um sie beide mit Attributen weiblicher Verfügbarkeit zu faszinieren. Neuerdings ist Frankie etwas strenger, und die femininen Requisiten scheinen sie zu irritieren. Als wäre Reizwäsche in einer echten lesbischen Beziehung fehl am Platz! Verdammt, wer kann denn schon sagen, was eine echte lesbische Beziehung ist? Darüber diskutiert Valerie nicht mit Frankie. Immerhin ist Frankie Anwältin. Nur Idioten diskutieren mit Juristen.

Inständig hofft Valerie, daß die Spitzen- und Nylontaktik an diesem Abend zum Erfolg führen wird. Sie zieht sich aus und tritt vor den großen Spiegel an der Badezimmertür. Immer noch attraktiv, nicht wahr? Immer noch jung, aus allen Blickwinkeln betrachtet. Eins zweiundsiebzig – eine ideale Größe. Solange sie auf ihr Gewicht achtet, wirkt ihr Körper schlank und straff. Sie streichelt ihre vollen Brüste, läßt sie auf- und abwippen und lächelt über die vibrierenden Knospen. Unfähig, der Versuchung zu widerstehen, hebt sie eine Kugel hoch, leckt die Spitze ab und nimmt sie zwischen die Zähne, um daran zu saugen. O Gott, heute abend hat sie's dringend nötig. Sie streicht über ihre Hüften und das feste Fleisch der Hinterbacken. Eigentlich ist Frankie ein

Dummkopf, weil sie mich nicht richtig zu würdigen weiß, denkt sie. Da draußen laufen Frauen herum, die viel mehr mit mir anfangen könnten. Sie schlingt die Finger in das dunkle Kraushaar unter ihrem Bauch, das dicht genug wächst, um die Schamlippen zu verbergen. Einmal kannte sie eine Frau, die sich rasierte und so ihre seidige Muschi enthüllte. Valerie schneidet sich nur gelegentlich ein paar Haare ab, um etwas mehr zu zeigen. Aber sie ist brünett, und sie bezweifelt, daß ihre dunklen Schamlippen ohne Haare besser aussehen würden. Trotzdem lohnt sich hin und wieder ein Versuch, wenn sie ihren Spaß haben oder Frankie schockieren will, die nicht so erfahren ist. Wäre sie entsetzt? Soviel Valerie weiß, ist sie Frankies erste richtige Liebhaberin. Aber Frankie redet fast nie über die Frauen in ihrer Vergangenheit.

Jetzt berührt sich Valerie wieder und spürt ihre feuchte Muschi. Der Saft rinnt an ihren Schenkeln hinab. So fließt der Brunnen jedesmal, wenn sie erregt ist. Aber sie widersteht dem Drang, sich zu streicheln. Statt dessen zieht sie den Strumpfgürtel an. Sie setzt sich auf den Bettrand und schlüpft in die Strümpfe, die ihre Beine noch schlanker machen. Als sie die Strümpfe am Gürtel festmacht, ist sie ganz naß. Sie holt rote Sexy-Pumps aus dem Schrank, die sie seit einer Ewigkeit nicht mehr getragen hat, steckt die Füße hinein und betrachtet ihre wohlgeformten Beine. Dann nimmt sie das schwarze Negligé, das Frankie ihr gekauft hat, kurz nachdem sie ein Liebespaar geworden sind, aus einer Schublade. Frankie ist damals errötet aus Verlegenheit, als Valerie das flauschige Ding auspackte, vor Freude kreischte und beteuerte, sie würde Negligés lieben. Zum Glück sieht sie gut darin aus. Sie schlüpft hinein, verknotet die Schleife am Hals und dreht sich prüfend vor dem Spiegel hin und her. Noch ein bißchen Lippenstift. Nicht zuviel, weil Frankie keine Übertreibungen mag. Wenn das alles nichts nützt und Frankie kein Interesse zeigt, werde ich heulen, denkt Valerie.

Die hohen Absätze klicken auf dem Parkett. Langsam geht Valerie ins Wohnzimmer und ist sich bewußt, wie toll sie aussieht. Rote Pumps, schwarze Strümpfe, dunkle Brustwarzen und dunkles Schamhaar unter dem durchsichtigen Negligé.

Erstaunt blickt Frankie von den Papieren auf.

»Großer Gott, Val!«

»Ich hatte einfach Lust, mich zu verkleiden«, sagte Valerie. »Das macht dir doch nichts aus? Ich dachte, vielleicht gefällt's dir.« Sie dreht eine Pirouette, und das Negligé schwingt um die schwarzbestrumpften Beine. »Gefallen dir meine Beine?«

»Das weißt du doch.« Frankie mustert die roten Pumps, die Strümpfe, das Negligé. »Wirklich, du siehst fabelhaft aus«, fügt sie nervös hinzu. »Aber ich muß diese Akten lesen. Und heute ist nicht Mittwoch.«

»Keine Bange, Frankie, ich werde dich nicht stören.«

»Schätzchen, wenn du herumspazierst, kann ich nicht arbeiten. Noch eine Stunde, ja? Dann treffen wir uns im Schlafzimmer.«

Enttäuscht kehrt Valerie ins Schlafzimmer zurück und schließt die Tür. Ich brauche eine Liebhaberin, denkt sie, außerhalb meiner ehelichen Beziehung zu Frankie. Außerhalb dieser beinahe zerrütteten Ehe. Daran führt kein Weg vorbei. Sie liebt Frankie und

will nicht ohne sie leben. Aber so kann's nicht weitergehen. Niemals hätte sie gedacht, sie würde einmal eine andere Frau begehren. Trotzdem mußte sie sich eine Geliebte zulegen, sonst würde sie den Verstand verlieren.
Sie zieht das Negligé aus, betrachtet sich wieder im großen Spiegel, das erotische Bild ihres dunklen Schamhaars, umrahmt von der schwarzen Spitze des Strumpfgürtels. Fantastisch, nicht wahr? Als ihr bewußt wird, wie erregt sie ist, seufzt sie frustriert. Sie massiert ihre festen runden Hinterbacken. Dann kneift sie in ihre Schamlippen und stöhnt leise, als sie spürt, daß sie ganz feucht ist. Sie läßt die Hüften kreisen und starrt ihren behaarten Venusberg an. Ganz langsam zieht sie die Schamlippen auseinander und entblößt die bebende Perle ihrer Klitoris. O Gott, so stark geschwollen ... Eine Berührung, und sie würde sofort kommen. Statt dessen streicht sie über ihren Körper, um die Spannung zu steigern. Glücklicherweise kann sie sich selbst befriedigen, wenn sie's braucht. Sonst würde sie durchdrehen. Nur das Loch, denkt sie. Wenn sie ihre Finger von der Klitoris läßt, kann sie mit ihrer Muschi spielen und den Höhepunkt hinauszögern, so lange sie will. Nur da drinnen braucht sie etwas. Sie ertastet die Öffnung der Vagina, dehnt sie ein bißchen, steckt ihre Finger hinein und schiebt die Hüften vor, um das angenehme Gefühl zu verstärken.

Sie stöhnt. Mit der linken Hand hebt sie die rechte Brust, beobachtet sich selbst im Spiegel, senkt den Kopf und leckt über die Knospe, bis sie vom Speichel glänzt. Beide Brustwarzen sind hart und geschwollen. Zitternd starrt sie die schwarzen Strapse zu beiden Seiten ihres Schamhaars an. Wie schön die langen Beine in den dunklen Strümpfen aussehen, die Waden durch die Zehn-Zentimeter-Absätze exquisit betont ... Sie dreht sich zur Seite, späht über die Schulter, um ihren Hintern zu bewundern, und streichelt eine runde Backe. Wird sie jemals eine Liebhaberin finden, die ihrem Körper jene Aufmerksamkeit schenkt, die er verdient?

Nun wendet sie sich vom Spiegel ab und sinkt aufs Bett, die Schenkel weit gespreizt. Keuchend läßt sie ihre Hände über den Bauch wandern, hinab zur heißen Blume ihrer Muschi. Die Hüften bäumen sich auf, als sie langsam die feuchten Schamlippen massiert. Wie sie es liebt, diese Nässe unter den Fingern zu spüren ... Ihre Möse zittert – bereit, liebkost und beglückt zu werden. Valerie schiebt ihre Finger in die Vagina und stöhnt, von köstlichen feurigen Fluten durchströmt. Mit kreisenden Bewegungen dehnt sie die Öffnung. Allmählich dringen ihre Finger immer tiefer ein, und sie spürt die zuckenden Muskeln. Die Augen geschlossen, den Mund geöffnet, spreizt sie die Beine noch weiter und stellt sich vor, eine Liebhaberin würde dazwischen liegen, eine Frau mit hartem, kraftvollem Körper und langer Zunge, lang und dick genug, um sie vollends auszufüllen. Und die Zunge müßte Valeries Klitoris lecken, ohne zu ermüden. Erschauernd steckt sie die Finger immer wieder in ihre Vagina, dreht sie herum, so daß sich das Gewebe rings um die Klitoris dehnt und ein heftiger Orgasmus näher rückt. Ekstatische Wellen überspülen ihre Sinne. Sie hebt die Hüften ihrer stoßenden Hand entgegen, und jedesmal, wenn sie eintaucht, vernimmt sie ein schmatzendes Geräusch.

Plötzlich schwingt die Tür auf. Frankie kommt herein und bleibt wie erstarrt stehen.

Mit einem Schrei reißt Valerie ihre Finger aus der Vagina, dreht sich auf den Bauch und stöhnt: »Warum klopfst du nicht an?«

»Das ist auch mein Zimmer, Val«, erwidert Frankie mit eisiger Stimme.

»Ja, natürlich«, seufzt Valerie ins Kissen. »Also ist's *meine* Schuld.«

Schweigen. Aber Valerie spürt Frankies kühlen Blick. Dann hört sie, wie Frankie am Bett vorbei zum Bad geht und die Tür hinter sich schließt.

Reglos liegt Valerie da und lauscht. Ihr Herz schlägt wie rasend. Was wird jetzt geschehen? Sie weiß, wie sehr Frankie heimliche Masturbationen haßt. Niemals heimlich, hat sie gesagt. Wenn wir's brauchen, sollten wir einander helfen. Valerie hört die Toilettenspülung rauschen. Wenig später putzt Frankie ihre Zähne.

Die Badezimmertür öffnet sich. »Val?«

»Ja?«

»Warten wir bis morgen, ja? Heute abend bin ich einfach zu müde. Außerdem muß ich dauernd an die Kanzlei denken. Du bist mir doch nicht böse, Schätzchen? Morgen ist Mittwoch, und wir machen's uns richtig gemütlich.«

Valerie fröstelt. »Klar, Frankie. Wie du willst.«

Sobald Frankie die Badezimmertür wieder schließt, dreht sich Valerie auf den Rücken. Ihre Hand wandert zur Muschi hinab. Was sie begonnen hat, muß sie beenden. Dazu hat Frankie ihr mehr oder weniger geraten. Rasch schiebt sie die Finger in die Vagina. Immer schneller bewegt sie ihr Handgelenk, und der Orgasmus läßt nicht lange auf sich warten.

So geht's nicht weiter, denkt sie. O nein. Ich brauche eine Liebhaberin.

Nach einer Weile setzt sie sich auf und wischt die Finger am Bettlaken ab. Sie hakt die Strümpfe los, streift sie von den Beinen und zieht den Strumpfgürtel aus. Als Frankie zurückkommt, liegt Valerie unter der Decke. Sie wendet sich ab, die Augen geschlossen. Erleichtert spürt sie, wie Frankie ins Bett kriecht, ihre Schulter küßt und sonst nichts unternimmt, bevor sie einschläft.

Die Dunkelheit ist eine Zuflucht.

2

Frankie

Als Frankie den Lift betritt, fällt ihr das Mädchen sofort auf. Sie sind allein. Gerade ist Frankie von einem langweiligen Lunch mit zwei Anwälten aus der LaSalle Street zurückgekehrt. Nun fährt sie mit diesem interessanten Mädchen im Lift nach oben. Eher eine Frau. Vier- oder fünfundzwanzig. Eine üppig gebaute Brünette mit großen Brüsten unter einem engen Pullover und einem Blick, der Frankie verrät, daß sie etwas gemeinsam haben. Ein Erkennen. Jedesmal, wenn es auf diese Weise passiert, ganz unerwartet, ist Frankie erregt, denn es führt ihr vor Augen, wie viele unbekannte Frauen verfügbar wären. Gewiß, sie hat Valerie. Aber die gehört zu Frankies häuslichem Leben, und dieses Mädchen ist ihr fremd. Alle fremden Mädchen reizen sie.

Frankie eröffnet das Gespräch, sagt etwas über das Wetter, das Gebäude, die Klimaanlage. Manchmal sei es in ihrem Büro zu heiß. Dabei mustert sie den engen Pullover, den runden Busen. Wie würden die Brustwarzen aussehen? »Ist Ihnen nicht zu warm in diesem Pullover?«

»Nein.« Das Mädchen lächelt schüchtern. »So dick ist er gar nicht.« Aber die Brüste sind dick. O ja. Frankie stellt fest, daß das Mädchen einen BH trägt, eine Stütze für diese schönen Titten. Sie unterhalten sich.

Als sie den Lift in derselben Etage verlassen, erfährt Frankie, das Mädchen würde einen Zahnarzt besuchen, und witzelt über die steifen Lippen, die man von einer Betäubungsspitze kriegt.

»Oh, ich lasse nur den Zahnstein entfernen.«

»Bei mir wär's auch fällig. Aber dafür fehlt mir die Zeit, weil ich dauernd im Gericht zu tun habe.«

»Sind Sie Anwältin?« Das Mädchen ist sichtlich beeindruckt.

»Ja.«

Inzwischen sind sie vor Frankies Büro stehengeblieben, und das Mädchen zögert kurz. »Wissen Sie, ich könnte eine Anwältin gebrauchen. Ich habe Ärger mit meinem Vermieter.«

»Nun, da bin ich«, erwidert Frankie lachend. »Aber jetzt haben Sie einen Termin beim Zahnarzt. Treffen wir uns später auf einen Drink?«

»Das wäre wunderbar. Gleich um die Ecke gibt's ein Lokal, das Ricky's. Vielleicht gegen vier Uhr?«

So einfach. Bevor sie sich verabschieden, erklärt die junge Frau, sie sei Krankenschwester und würde Marcia heißen. Diese Information erregt Frankie noch mehr, denn sie weiß, wie wild manche Krankenschwestern sind.

Das Ricky's ist gerammelt voll. Hier versammeln sich jeden Nachmittag einige Managertypen, die vorgeben, geschäftliche Kontakte zu knüpfen. Frankie nimmt an der lange Theke Platz, bestellt einen Whiskey sour und wartet. Fünf Minuten nach vier erscheint Marcia und setzt sich lächelnd zu ihr. »Da bin ich.«

Frankie fragt, was sie trinken will, und lädt sie zu

einem Daiquiri ein. »In dieser Kneipe war ich schon lange nicht mehr.«

»Hören Sie ...« Kichernd rückt Marcia etwas näher. »Ich wüßte gern, ob wir auf der derselben Wellenlänge sind.«

»Und die wäre?«

»Lesen Sie die *Gay News*?«

»Manchmal.«

»Ich möchte nur sichergehen. Übrigens, falls Sie's interessiert – ich lebe mit jemand zusammen.«

»Ich auch.«

Fröhlich verkündet Marcia, ihre Liebhaberin sei gerade verreist. »Bis nächsten Dienstag bleibt sie in Los Angeles.«

»Und meine sitzt immer zu Hause.«

Marcia hebt ihr Glas. »Aufs traute Heim.«

»Und auf uns.«

»Klar, warum nicht?« Hingerissen starrt Frankie auf Marcias Pullover. »Darf ich etwas Schreckliches sagen?«

»Nur zu«, lacht Marcia.

»Ich würde dich gern in eine Ecke zerren und bumsen, bis dir Hören und Sehen vergeht.«

Dunkle Röte steigt in Marcias Gesicht. »Komm mit. In meiner Wohnung sind wir ganz allein. Warum sitzen wir hier herum?«

Ja, warum? Im Taxi küssen sie sich. Marcia neigt sich zu Frankie, die ihr einen zarten Kuß auf die Wange haucht. Mehr wagen sie nicht, denn der Taxifahrer schwatzt unentwegt über den Verkehr, die Regierung, die Schlaglöcher auf den Straßen.

Als sie endlich vor dem Appartementhaus halten, springen sie aus dem Wagen und laufen in die vollgestopfte Wohnung. Noch mehr Küsse, sobald die Tür ins Schloß gefallen ist. Jetzt kann Frankie die vollen Brüste berühren, die Rundungen ertasten, das Gewicht spüren. Stöhnend saugt Marcia an Frankies forschender Zunge. Frankie schiebt eine Hand unter Marcias Rock, zwischen die Schenkel, streichelt das feuchte Höschen.

»O Gott, bin ich heiß!« flüstert Marcia.

Während Frankie sie küßt, streicht ihre Hand über den Venusberg, bis Marcia nach Atem ringt und einen Höhepunkt erreicht. Danach küssen sie sich wieder, hektisch und voller Glut, immer noch in der Diele, bei der Wohnungstür. Nun ist Marcia an der Reihe. Ihre Hand gleitet unter Frankies grauen Wollrock, unter den Slip, knetet die Schamlippen und stimuliert die Klitoris. »Komm schon, Baby.« Erschauernd preßt Frankie ihre Muschi in Marcias Hand, und beide beginnen zu schwitzen.

Schließlich gehen sie eng aneinandergepreßt ins Schlafzimmer. Marcia entschuldigt sich für die Unordnung, die Kleider und die Unterwäsche, die über Stühlen und an Türklinken hängt. »Tut mir leid, ich habe keinen Besuch erwartet. Schau einfach nicht hin.«

»Ich sehe ohnehin nur dich.«

Als Marcia sich auszieht, wirft sie Frankie einen koketten Blick zu. »Und ich dachte, heute würde mir nichts Interessantes passieren. Schon gar nicht auf dem Weg zum Zahnarzt.«

Frankie schlüpft aus ihrer Jacke, knöpft sie Bluse auf und beobachtet, wie Marcia den Pullover über den Kopf zieht. Und da sind sie, die prallen Brüste, in einen schlichten weißen BH gezwängt, wie zwei

Melonen, die gekostet werden möchten. Marcia kennt ihre Vorzüge. Blitzschnell entfernt sie den BH und präsentiert ihren Körper.

»So ist's besser, nicht wahr?« Lachend hebt sie ihre großen Brüste hoch. »Die hast du schon im Lift angestarrt, nicht wahr?«

»O ja.«

»Klar, du hast meine Titten mit den Augen gefressen.«

Noch länger kann Frankie nicht warten. Sie hört auf, sich auszuziehen, läuft zu Marcia, preßt ihr Gesicht zwischen die beiden schönen Halbkugeln. Dann nimmt sie eine harte Brustwarze in den Mund, saugt und leckt daran, bis Marcia vor Entzücken stöhnt. Sie hebt Frankies Kopf hoch, und sie küssen sich wieder. Aufreizend drücken sich die nackten Brüste an Frankies Bluse, und sie reiben die Bäuche aneinander. Frankie schiebt ein Knie zwischen Marcias Schenkel, um ihren Venusberg zu massieren.

»He, zieh dich endlich aus!« kichert Marcia. »Da gibt's ein Bett.«

Hastig läßt sie ihren Rock zu Boden fallen. Als sie sich bückt, um ihn aufzuheben, schwingen ihre Brüste hin und her wie saftige weiße Honigmelonen. Jetzt trägt sie nur mehr einen schwarzen Spitzenslip und eine schwarze Strumpfhose. Durch den Nylonstoff schimmern stämmige Beine, durch die Spitze zwischen den Schenkeln sieht man dichtes dunkles Kraushaar. Verführerisch lächelt sie Frankie an, geht zum Toilettentisch und beginnt, ihr Haar zu bürsten. »Wie langsam du bist ...«

»Ich schaue dich an. Damit bin ich vollauf beschäftigt.«

»Natürlich. Ich müßte zehn Pfund abnehmen. Aber jedesmal, wenn ich's versuche, werde ich noch dicker.«

»Keine Bange, ich finde dich vollkommen.«

»Oh, du bist auch nicht übel. Aber ich würde gern mehr von dir sehen.«

Anstatt zu warten, bis Frankie sich ausgezogen hat, legt Marcia die Haarbürste beiseite und streift die Strumpfhose über die Hüften nach unten. Da sie sich abgewendet hat, mustert Frankie ihren Po mit der erstaunlich tiefen Spalte. Darin möchte sie ihr Gesicht vergraben. Splitternackt streckt sich Marcia auf dem Bett aus. Ihre rosige Haut reflektiert das Licht der Nachttischlampe. Zwischen ihren Schenkeln schimmert dunkles lockiges Haar. Als wollte sie Frankie herausfordern, preßt sie die Beine zusammen und verbirgt ihre Muschi.

Mit glänzenden Augen beobachtet sie, wie Frankie sich auszieht. Und Frankie kann nur noch an Marcias Brüste denken, an diese schönen braunen Knospen, die sie unbedingt kosten will.

Als Frankie nackt ist, meint Marcia: »Wie großartig du aussiehst, wie eine Athletin. Trainierst du regelmäßig?«

Voll Stolz auf ihren wohlgeformten Körper nickt Frankie. »Wann immer ich Zeit finde, jogge ich. Meistens am Wochenende.« Sie freut sich, weil Marcia Gefallen an ihrer Figur findet. Manchmal glaubt sie, daß Valerie die Schönheit ihrer Liebhaberin für selbstverständlich hält. Frankie ist auch überzeugt, daß Valerie narzißtisch veranlagt ist und vor allem ihren eigenen Körper liebt.

Ungeduldig steigt Frankie ins Bett und umarmt

Marcia. Ihre Lippen verschmelzen, ihre Zungen spielen miteinander.

»Wirklich, ich mag dich«, stöhnt Marcia.

»Und ich dich.«

»Weißt du, manchmal trifft man jemand, und es klappt einfach nicht. Aber mit uns klappt's, nicht wahr?«

»Du hast recht.« Sie küssen sich wieder, und Frankies Hand erforscht Marcias dichtes Schamhaar. Marcia spreizt die Beine, um für Frankies tastende Finger ihre feuchte Muschi mit den fleischigen Lippen zu öffnen. Der Geruch weiblicher Hitze steigt in Frankies Nase. Vor Erregung wird ihr ganz schwindlig. Mit ihrer Handfläche reibt sie über Marcias behaarte Möse und genießt es, die feuchte Wärme zu spüren. Dann zieht sie die üppigen Schamlippen auseinander. Langsam schiebt sie zwei Finger in die Öffnung, und Marcia seufzt wohlig. Ihre geschmeidige Vagina scheint sich an die Finger zu schmiegen, die sich aufreizend bewegen. Als Frankie einen anderen Finger benutzt, um den Anus zu kitzeln, schreit Marcia auf. »O ja, tu das!« Wenig später erreicht sie einen Höhepunkt.

Frankies Vergnügen besteht darin, den Orgasmus zu beobachten. Auf Marcias Gesicht glänzen Schweißtropfen. Die Lippen sind geöffnet, die Augen geschlossen. Während Frankies Finger unentwegt in die Vagina hinein- und wieder herausgleiten, wimmert Marcia leise und beißt in ihre Unterlippe. Flehend umfaßt sie Frankies Handgelenk, weil sie noch mehr will – viel mehr. Frankie bringt sie dazu, die Beine weiter zu spreizen, und beginnt sie mit ihren Fingern so kraftvoll zu bumsen, daß Marcia in ihrer

Ekstase kreischt. Mit Genuß verhilft ihr Frankie zu immer neuen Orgasmen. Marcias Säfte rinnen über ihre Hand, und sie flüstert heiser: »Hör nicht auf, Schätzchen. Mach weiter!« Keuchend wirft sich Marcia auf dem Bett umher und hebt ihre Hüften den eindringenden Fingern entgegen. Frankie kniet vor ihr und treibt sie fast zum Wahnsinn.

Schließlich sinkt Marcias Körper auf die Matratze hinab. »Mein Gott, bist du gut!«

»Nein.« Lächelnd zieht Frankie ihre Finger aus Marcias Vagina und streichelt ihre Schenkel. »Nicht ich – du.« Und dann berührt sie wieder Marcias Anus.

Marcia lacht und zieht die Knie hoch. »Du könntest eine Krankenschwester sein. Die fassen auch alles an.«

Verlegen zieht Frankie ihre Finger zurück. Aber Marcia lacht und führt Frankies Hand wieder zu ihrem Hintern. »Nein, genier dich nicht. Das gefällt mir. Auf diese Weise kommt's mir auch.«

Marcias Worte jagen einen Schauer über Frankies Rücken. Meistens schreckt sie vor solchen Liebkosungen zurück. Aber weil sie unanständig sind, gefallen sie ihr. Mit Valerie treibt sie dieses Spiel nur selten, obwohl sie manchmal glaubt, ihre Lebensgefährtin würde es wünschen. Gewisse Dinge tut man nicht mit der Frau, die einem am nächsten steht. In diesem fremden Bett muß sie sich nicht fragen, was Marcia will. Das ist offensichtlich. Nachdem sie ihre Finger in Marcias Muschi befeuchtet hat, gleiten sie mühelos in den After. Die üppige Brünette stöhnt genüßlich. Doch sie will auch etwas in ihrer Vagina spüren, und Frankie benutzt ihren Daumen.

»Oh, das ist fantastisch!« keucht Marcia.

»Tu' ich dir auch wirklich nicht weh?«

»Mach dir deshalb keine Sorgen«, erwidert Marcia kichernd. »Ich bin Krankenschwester und kenne mich mit solchen Dingen aus.«

Inzwischen hat sie eine Hand zwischen Frankies Schenkel geschoben, und sie bumsen einander mit den Fingern, in wachsendem Verlangen.

Immer tiefer steckt Marcia ihre Finger in Frankies feuchte Vagina. Lustvoll ächzt sie, während Frankie beide Öffnungen bearbeitet. In vollen Zügen genießt Frankie diese unartigen Aktivitäten mit ihrer neuen Freundin. Der Gedanke, das Marcia eine Krankenschwester ist, bringt sie auf Hochtouren. So tief wie möglich stößt sie den Daumen in die heiße Vagina. Marcias Orgasmus scheint eine halbe Ewigkeit zu dauern. Ihr ganzer Körper zittert, während Frankie ihre Hand in schnellem Rhythmus bewegt. Als die Erschütterungen verebben, neigt sie sich hinab, nimmt eine erigierte Brustwarze in den Mund, saugt daran und beißt hinein. Dieser Biß bewirkt einen weiteren Höhepunkt.

»Verdammt, hör nicht auf!« Als Frankie ihre Finger entfernen will, hält Marcia ihr Handgelenk fest.

»Bist du sicher?« fragt Frankie amüsiert.

»Nur noch ein kleines bißchen.«

Und Frankie erfüllt Marcias Wunsch. Nur noch ein kleines bißchen, in beiden Öffnungen. Gleichzeitig reibt sie ihre Muschi an Marcias Hand. Marcia betont noch einmal, sie würde sich liebend gern in den Hintern bumsen lassen. Davon kann sie nicht genug kriegen.

Frankies Möse ist heiß und naß, die Klitoris geschwollen. Plötzlich erreicht sie einen Höhepunkt, preßt ihren Venusberg an Marcias Hand und spürt ihre Säfte fließen.

Danach küssen sie sich. Kichernd gesteht Marcia, Frankie würde sie genauso fabelhaft befriedigen wie ihre Liebhaberin. Das bringt Frankie in Verlegenheit. Aber es gefällt ihr, den prallen Hintern ihrer neuen Bettgefährtin zu betrachten, die sich auf den Bauch gedreht hat.

Einige Minuten später entschuldigt Frankie sich und verschwindet, immer noch erregt, im Bad. Mit zitternden Händen wäscht sie sich, ergreift ein Handtuch und wischt ihre Muschi ab und die Innenseiten ihrer Schenkel. Dabei neigt sie sich zum Spiegel und betrachtet ihre geröteten Wangen. Nach der sexuellen Erfüllung sieht sie immer sehr attraktiv aus. Sie denkt an Marcia, ihren heißen Körper, an einen weiteren langweiligen Abend mit Valerie. Verdammt noch mal …

3

Valerie

Am Mittwoch wird Valerie planmäßig mit einem Liebeserlebnis beglückt. Frankie kommt nach dem Dinner in die Küche und bleibt dicht hinter ihr stehen. »Machen wir doch was!« Dann führt sie Valerie ins Schlafzimmer, zieht sie aus, drückt sie aufs Bett und bumst sie mit den Fingern.

Als die Zuckungen des ersten Höhepunkts versiegen, fragt sie: »Ist's so in Ordnung?«

»Leg dich auf mich«, verlangt Valerie, und Frankie gehorcht. Sie schlüpft aus ihren Jeans und dem Höschen und bumst ihre Geliebte wieder, diesmal mit ihrem Venusberg. Das gefällt Valerie, weil sie Frankies Hinterbacken umfassen kann, während ihre Muschi massiert wird. Mit einem Schrei erreicht sie ihren zweiten Orgasmus, umschlingt Frankie mit Armen und Beinen und will sie festhalten.

Aber Frankie ist erschöpft und befreit sich aus der Umklammerung. »Hören wir auf, Schätzchen. Ich bin völlig erledigt.«

»Laß mich dich lecken.«

»Nicht nötig. Jetzt brauche ich nur mehr ein heißes Bad und ein bißchen Wein. Holst du mir ein Glas?«

Valerie bringt ein gefülltes Weinglas ins Badezimmer. Dann schließt sie die Tür und läßt Frankie allein. In der Küche überlegt sie, ob sie auch etwas trinken soll. Nein, sie will keinen Wein – sie sehnt sich nach einer Liebhaberin.

Wenn sie sich auf eine Affäre einläßt, muß sie aufpassen, um keinen Ärger mit Frankie heraufzubeschwören. Darf sie sich in die einschlägigen Bars wagen? Dort wissen zu viele Leute, mit wem sie zusammenlebt, und sie möchte nicht riskieren, daß Frankie etwas erfährt. Aber wo sonst soll sie jemand kennenlernen? Sie will sich keiner lesbischen Gruppe anschließen. Mit politisch engagierten Lesben kann sie nichts anfangen, und so bleibt ihr nichts anderes übrig, als in eine Kneipe zu gehen. Zuerst wird sie's am Nachmittag versuchen. Bei Tageslicht fühlt sie sich sicherer. Falls sie Bekannte trifft, kann sie den Eindruck erwecken, sie hätte nur vor der Hitze fliehen und sich mit einem Bier erfrischen wollen.

Ein paar Tage später betritt sie das Augie's. Drinnen ist es dunkel und kühl, und schwüle erotische Musik ertönt. Valerie schaut sich um. Erleichtert atmet sie auf. Keine Bekannten, keine Freundinnen Frankies. Sie sitzt allein an der Theke. Während sie ihr zweites Bier trinkt, gratuliert sie sich zu ihrem Entschluß, ein Abenteuer zu erleben.

Bald steht jemand hinter ihr. »Soll ich Ihnen Gesellschaft leisten?«

Die Stimme klingt angenehm und selbstsicher. Als Valerie sich umdreht, findet sie die Frau sofort sympathisch. Diese maskuline Lesbe hat sie schon ein paarmal gesehen. Kühle blaue Augen, das leicht ergraute blonde Haar im Nacken straff zusammengebunden, ein weißes Hemd über breiten Schultern, Jeans und Cowboystiefel.

»Hab' nichts dagegen«, sagt Valerie.

»Ich heiße Cleo«, erklärt die Frau, setzt sich zu ihr und bestellt zwei Biere.

»An einem heißen Nachmittag gibt's nichts Besseres als ein kaltes Bier«, sagt sie und mustert wohlgefällig Valeries Brüste. Dann lächelt sie ihr zu.

Schon jetzt spürt Valerie die ersten Schmetterlinge im Bauch. »Klar, ein kaltes Bier ist fantastisch«, bestätigt sie.

Sie unterhalten sich, und Cleo fragt, ob Valerie in festen Händen sei. Ja, antwortet Valerie, aber es würde nicht besonders gut klappen. Cleo erzählt, vor ein paar Wochen sei ihre Beziehung gescheitert. »Seither fühle ich mich einsam.« Eindringlich schaut sie in Valeries Augen. »Sie sind doch nicht normal veranlagt? Mit normalen Mädchen komme ich nicht zurecht.«

Valerie errötet. Würde eine heterosexuelle Frau jemals ins Augie's gehen? »Nein, ich lebe mit einer Frau zusammen.«

»Ah, das ist gut«, meint Cleo kichernd. Die nächste Viertelstunde plaudern sie über belanglose Dinge. Cleo legt einen Arm um Valeries Taille. Dann drückt sie ihr ein Knie an den Schenkel, so fest, daß Valerie eine wachsende Erregung verspürt. Sie tut so, als würde sie nur in der Bar sitzen, um ihren Durst zu stillen. Eine Zeitlang spielt Cleo mit und verzichtet auf anzügliche Kommentare. Aber in Valeries Fantasie entstehen aufwühlende Bilder – Cleo, die sie liebkost, ihren Bauch küßt, das Gesicht zwischen ihre Schenkel drückt und ihre Muschi leckt, um sie wahnsinnig zu machen. Sie stellt sich vor, wie Cleos lange Finger in sie eindringen, wie Cleos Möse sich auf ihr Gesicht preßt ...

Nach einer weiteren Viertelstunde zittert Valerie am ganzen Körper, erwartungsvoll und ungeduldig. Das scheint Cleo zu spüren, denn sie ergreift die Initiative. Sie streichelt Valeries Rücken und erwähnt beiläufig, ihre Wohnung sei nicht weit entfernt. Ob sie vielleicht hingehen und sich's gemütlich machen sollten? Wenn Valerie Jazz mag, könnten sie Cleos Kassetten anhören.

Valerie stimmt zu, aber natürlich interessiert sie sich im Augenblick ebenso wenig für Jazz wie Cleo. Was in der Wohnung geschehen wird, wissen sie beide. Von vier Gläsern Bier benebelt, schwankt Valerie ein bißchen, als sie an Cleos Arm das Augie's verläßt.

Glücklicherweise winkt Cleo ein Taxi heran und hilft ihr beim Einsteigen. »Warum sollen wir uns anstrengen und zu Fuß gehen?« sagt sie. Sie setzt sich zu ihr in den Fond und nennt dem Fahrer die Adresse. Dann leckt sie über Valeries Ohr. »Wie schön du bist ...«

Valerie erschauert und wendet ihr das Gesicht zu. Während beider Lippen verschmelzen, wandert Cleos Hand unter Valeries Rock und streichelt ihr Knie. Valerie trägt keine Strümpfe, und Cleos Finger zwischen den nackten Schenkeln erwecken prickelnde Gefühle.

Nach einem heißen Kuß flüstert Cleo: »Deine Beine machen mich ganz verrückt. Als du in die Bar gekommen bist, sind sie mir sofort aufgefallen. Ich mag hübsche Beine in hochhackigen Schuhen.«

»Allzulange kann ich nicht bei dir bleiben.«

»Nur keine Bange, ich werde dich nicht festbinden.«

Valerie kichert. »Aber ich wette, so was tust du sehr gern.«

»Nur wenn's verlangt wird.«

»Nun, ich will's nicht. Also vergiß es.«

»In Ordnung. Ich denke mir etwas anderes aus.« Wie Cleos Blick verrät, hat sie lauter aufregende Ideen.

Endlich bremst der Taxifahrer. Cleo bezahlt ihn, dann führt sie Valerie in eine ordentlich aufgeräumte, komfortabel eingerichtete Wohnung. Mit ihrer Lastwagen-Leasingfirma würde sie gut verdienen, erklärt sie. »Einen Wodka?« schlägt sie vor.

Valerie nickt, nimmt einen Wodka Tonic entgegen und hofft, daß Cleo nicht zuviel Zeit vertrödelt. Aber Cleo hat's genauso eilig wie ihr Gast. Es dauert nur wenige Minuten, bis Valerie in ihren Armen liegt.

»Sicher bist du ein wildes Mädchen«, flüstert Cleo und kneift durch den Rock hindurch in Valeries Hinterbacken. »Sehr hübsch, Püppchen, deine Figur reizt mich.« Sie kichert. »Gehe ich zu forsch ran? Das mußt du mir sagen, damit keine Mißverständnisse aufkommen.«

Mit einer Hand auf Cleos starker Schulter nippt Valerie an ihrem Drink. »Mir geht's gut.«

»Braves Mädchen«, sagt Cleo lachend.

Valerie verschränkt die Arme hinter Cleos Kopf. Eng aneinandergeschmiegt, stehen sie da und küssen sich. Über Valeries Rücken läuft ein heißer Schauer, als Cleo ihre Taille umschlingt, um sie noch fester an sich zu drücken, und verführerisch die Hüften bewegt.

»Wie süß du bist …«, flüstert sie.

Beglückt reibt Valerie ihren Bauch am kraftvollen

Körper der älteren Frau. Cleos Hände gleiten über ihre Schultern und Arme, die Lippen, den Hals hinab, zum tiefen Ausschnitt der Bluse. Durch den dünnen Stoff und den BH hindurch spielen die Finger mit einer Brustwarze. Stöhnend beginnt Valerie zu beben, während Cleo die harte Knospe zwischen Daumen und Zeigefinger knetet. Von ihrem Busen strömen feurige Wellen zur Muschi hinunter. Sie preßt die Schenkel zusammen und spürt feuchte Hitze. Einfach fantastisch.

Solche Gefühle kann Frankie niemals entfachen. Wenigstens nicht in letzter Zeit. Cleo scheint zu wissen, wie man eine Frau erregt, wie man den Ofen entzündet und die Glut schürt.

Langsam knöpft Cleo die Bluse ihrer neuen Geliebten auf, streift den Rock nach unten, kleidet sie bis auf den BH und das Höschen aus. Dann drückt sie Valerie aufs Sofa, kniet vor ihr nieder und vergräbt das Gesicht zwischen ihren Schenkeln.

Stöhnend hebt Valerie die Beine, und die Pumps baumeln in der Luft. Sie beobachtet, wie die Blondine an ihrer nassen Muschi schnuppert.

Um sie noch mehr aufzuregen, zieht Cleo ihr den Slip nicht aus, nicht einmal den BH, den Valerie nur trägt, weil ihre vollen Brüste eine Stütze brauchen. Sie wünscht sich, Cleo würde ihn entfernen. Aber Cleo ist viel zu beschäftigt zwischen Valeries Beinen; sie raubt ihr fast den Verstand mit ihrem heißen Atem, der durch das Höschen in die Möse weht. Plötzlich stößt Cleo einen kehligen Laut hervor und beginnt, an den geschwollenen Schamlippen zu kauen, immer noch durch den Stoff hindurch.

Keuchend schließt Valerie die Augen. Das hat

Frankie am Anfang auch getan. Ein vielversprechender Tanz in einer Bar, ein Dauerlauf in Frankies Wohnung, wo Valerie aufs Sofa geworfen und ihr Rock hochgezerrt wurde … Frankie hat das Gesicht an Valeries feuchtes Schamhaar gedrückt, und Valerie war betrunken genug, um kreischend die Hüften zu heben und Frankie anzuflehen, sie möge ihr das Höschen ausziehen und sie bumsen. Wie gut sie sich an den glühenden Blick Frankies erinnert, die sie statt dessen durch den Slip hindurch geküßt und einen überwältigenden Orgasmus hervorgerufen hat …

Jetzt saugt Cleo durch das Höschen an ihr und verwandelt ihr Schamhaar in eine nasse Masse aus Liebessäften und Speichel. Mit unglaublicher Energie und Ausdauer kostet sie Valeries Muschi und läßt ihr Verlangen mehr als deutlich erkennen.

Genau das brauche ich, denkt Valerie. So heftig begehrt zu werden. Sie reckt die Beine noch höher empor, die spitzen Absätze zeigen zur Zimmerdecke hinauf. Jetzt reiben sich Cleos Wangen und ihr Haar an den Innenseiten der Schenkel. Als Valerie hinabschaut, sieht sie, wie naß Cleos Gesicht ist. Frankie wischt ihren Mund immer ab, bevor sie sich aufrichtet. Noch nie hat sie Valerie mit feuchten Lippen geküßt und den eigenen Geschmack genießen lassen. Noch nie hat Frankie so kraftvoll an ihr gesaugt, durch das Höschen hindurch. Sie spreizt die Beine noch weiter und bietet Cleo alles, was sie besitzt.

Schließlich hebt Cleo den Kopf und wischt mit dem Handrücken über ihren Mund. Ohne die geringste Verlegenheit. »Du bist ziemlich heiß, was, Püppchen?«

Die Beine immer noch gespreizt, zittert Valerie am ganzen Körper. »Merkst du das nicht?«

»Ich will dich doch nur ein bißchen hänseln«, erwidert Cleo lachend, steckt einen Finger unter Valeries Slip und berührt eine Schamlippe. »Klatschnaß. Du triefst so richtig durch dein Höschen.«

»Mach mich nicht wahnsinnig!« ächzt Valerie.

»Am liebsten würde ich dich fesseln und wirklich wahnsinnig machen.«

»Nein, bitte ...« Stöhnend windet sich Valerie, als Cleo über den Rand des Slips leckt. Wie gern würde sie ein Loch in den Stoff reißen, um diese Zunge in sich zu spüren ...

Endlich springt Cleo auf. »Nun ist's genug, Püppchen. Gehen wir ins Schlafzimmer. Da haben wir's bequemer.« Lachend schiebt sie Valeries Beine nach unten und ergreift ihre Hand, zieht sie vom Sofa hoch und führt sie in den Nebenraum.

Jetzt gehörst du ihr, denkt Valerie. Wenigstens für eine Weile. Sie trägt nur ihren BH und den Slip, während Cleo vollständig angezogen ist. Deshalb kommt sie sich wie eine Nutte vor. Aber es ist ein wunderbares Gefühl, und ihr Körper vibriert vor Erwartung.

Im Schlafzimmer sinkt sie aufs Bett. Cleo legt sich zu ihr, liebkost sie, diesmal ganz sanft, und bedeckt ihr Gesicht mit romantisch zarten Küssen. Behutsam leckt sie über die Lippen. Die Zunge wandert zwischen die Brüste, hinab zum Bauchnabel. Dann steht Cleo auf, zieht sich aus, und Valerie schaut zu. Cleo schlüpft aus dem Hemd. Kein BH verhüllt ihren Busen. Sie hat kleine Brüste und ist sehr schlank. Noch schlanker als Frankie. Die Brustwarzen sind rosa, nicht braun wie bei Frankie. Jetzt streift sie die Jeans nach unten, und Valerie sieht, daß der Slip zwischen den Schenkeln naß ist. Sie begehrt mich, stellt sie zufrieden fest, das ist der Beweis. Vor Gericht kein gültiger Beweis. Ein gestohlener Beweis. Beim Anblick einer anderen Frau, die sich nach ihr sehnt, empfindet sie heiße Freude. Ich reize nicht nur Frankie, denkt sie. Allerdings kann ich mich nicht erinnern, wann Frankie meinetwegen das letztemal ihr Höschen naß gemacht hat.

Um Valerie zu erregen, zieht Cleo den Slip ganz langsam nach unten. Zuerst wird das lockige blonde Schamhaar entblößt. Dann etwas mehr vom Venusberg. Und schließlich die Spalte zwischen den dicken hellen Lippen, als sie ein Bein hebt und aus dem Höschen steigt. »Willst du's genauer sehen?« Lachend tritt sie ans Bett, stellt einen Fuß auf die Kante und dreht das Knie nach außen. Nichts bleibt verborgen. Die rosige Blume öffnet sich und enthüllt Fältchen, die Blütenblättern gleichen. Mit zwei Fingern zieht sie ihre Möse auseinander, so daß die Klitoris hervorragt. Eigentlich wirkt sie gar nicht so maskulin. Das stört Valerie nicht. Aber als sie die rosa Muschi anstarrt, findet sie Cleo ein bißchen albern. Zu unverfroren. Trotzdem reizvoll. Eine hochgewachsene, dünne Lesbe mit ergrautem blondem Haar, fleischiger Möse und rosa Brustwarzen.

Offensichtlich ist Cleo bereit für ein sexuelles Erlebnis, der Schlitz feucht, mit geschwollenen Schamlippen. »Schau mir zu«, sagt sie. Schockiert beobachtet Valerie, wie Cleo zwei Finger in sich hineinschiebt und zu masturbieren beginnt. Ohne Scheu. Ihre Finger gleiten in die rosige Muschi hinein und wieder heraus. Immer wieder. Valerie hört ein saugendes

Geräusch. Und sie sieht die schlaffe Haut an den Innenseiten von Cleos Schenkel. Über den Fingern zuckt die Klitoris hin und her, und Cleo preßt ihren Daumen darauf. »O Gott, jetzt kommt's mir!« stöhnt Cleo, verdreht die Augen und schiebt die Hüften vor, ihren Fingern entgegen, die sich schneller und schneller bewegen. Valerie preßt mit den Schenkelmuskeln ihre Muschi zusammen und staunt, weil alles so schnell geschieht, weil sie immer noch ihre Unterwäsche trägt, weil eine Frau, die stark und männlich aussieht, sich auf typisch feminine Weise befriedigt. Keuchend, hochrot im Gesicht, genießt Cleo das Spiel ihrer Finger und zieht sie schließlich heraus. Sie kichert.

Hastig hakt Valerie nun ihren BH auf und schlüpft aus dem Höschen. Cleo mustert sie mit glänzenden Augen. »Hübsche Titten. Ich mag große Titten.«

Jetzt ist sie wieder die maskuline Lesbe. Lächelnd erwidert Valerie, so groß sei ihr Busen gar nicht. Aber sie bewegt die Schultern, läßt ihn auf und ab wippen, um das Verlangen der neuen Freundin zu steigern. Cleo legt sich wieder ins Bett und küßt sie. Diesmal sind beide nackt, und der Körperkontakt wirkt elektrisierend. Cleos Hände streichen über Valeries Brüste. Dann saugt sie an beiden Brustwarzen, schiebt die Nase zwischen die üppigen Halbkugeln und leckt die zarte Haut ab. Nach einer Weile kaut sie an den Knospen, beißt hinein und zieht mit den Zähnen daran. »Tut das weh?« fragt sie.

»Ein bißchen.« Valeries Hand wandert über Cleos Rücken, eine schmale Hüfte und umfaßt den blonden Venusberg. Damit scheint sie Cleo zu überraschen. Sie reibt über die nassen Schamlippen und verteilt den Saft auf den Innenseiten der Schenkel. Wie sehr sie es liebt, eine feuchte Muschi zu berühren … Vor allem eine neue. So wohl sie sich auch in einer stabilen monogamen Beziehung fühlt – es ist immer wundervoll, eine neue Möse das erstemal zu spüren. Und die Möse einer stark gebauten, maskulinen Lesbe hält sie für etwas ganz Besonderes.

»Los, saug daran!« haucht Cleo.

Valerie errötet. Dazu ist sie noch nicht bereit. Zuerst soll Cleo ihr etwas geben. So wie alle Lesben mit männlichen Zügen. »Später.«

»Dann greif in mich rein und mach's mir.«

Gut, diesen Wunsch wird Valerie erfüllen. Zunächst schiebt sie einen Finger hinein, dann zwei und drei. Stöhnend zieht Cleo ein Knie an und bewegt ihren Hintern, um sich Valeries Rhythmus anzupassen. Schon nach kurzer Zeit erreicht sie ihren Höhepunkt, was Valerie maßlos erregt. Ihre Finger sind naß, von einer heißen Vagina getränkt. Köstlich.

»He, du bist gut«, seufzt Cleo glücklich. Offenbar empfindet sie nicht die Reue mancher maskuliner Frauen, die sich bumsen lassen.

Jetzt dreht Cleo ihre junge Geliebte auf den Rükken und spreizt die Beine weit auseinander. Einige Minuten lang betrachtet sie die geöffnete Muschi, und Valerie zittert in wachsender Ekstase. Oh, die Glut in Cleos Augen, der Hunger nach einer Möse … Valeries Atem stockt, als Cleo die Schamlippen auseinanderzieht. »Ich wette, du bist süß wie Schokolade.«

Mit diesen Worten treibt sie wieder das Blut in Valeries Wangen, trotz aller Geilheit. Süß wie Schokolade … Ja, sie braucht Cleos Mund. Worauf wartet sie, fragt sie sich. Warum starrt sie nur in meine Muschi?

Nun zerren Cleos Finger an einer Schamlippe, als wollte sie feststellen, wie weit sich das zarte Gewebe dehnen läßt. Besitzergreifend. Vielleicht ein bißchen sadistisch. Dann kitzelt sie die Spalte zwischen den Hinterbacken. Valerie windet sich und versucht, dieser Berührung auszuweichen. Aber Cleo bohrt beharrlich ihren feuchten Mittelfinger in die Öffnung des Anus, zieht ihn wieder heraus und flüstert: »Was für ein heißes Püppchen! Mit wem immer du zusammenlebst – sie befriedigt dich nicht.«

»Bitte, tu doch etwas!« jammert Valerie gequält.

»Immer mit der Ruhe«, entgegnet Cleo kichernd. »Wir haben den ganzen Nachmittag Zeit, Baby.«

»Nein, so lange kann ich nicht bleiben.« Sie stößt Cleos Hände weg und beginnt, ihre eigene Klitoris zu stimulieren.

»Moment mal, das ist mein Job!« protestiert Cleo amüsiert. Wieder einmal läßt sie es darauf ankommen und inspiziert ganz gemächlich Valeries Muschi. Dann fordert sie sie auf, die Klitoris zu streicheln, während sie selbst zwei Finger in die Vagina steckt. »Du hast es viel zu eilig.«

»Wenn man mich so reizt, halte ich's nicht lange aus.«

»Deine Muschi sagt mir etwas anderes – daß es dir gefällt.«

O ja, es gefällt mir. Genüßlich zieht sie die Knie an und läßt sich von Cleos langen Fingern bearbeiten. Mit beiden Händen hält sie ihre Schenkel fest und kostet jeden einzelnen Stoß aus.

»Komm schon!« drängt Cleo. »Laß mich sehen, wie du explodierst.« Ein wilder Orgasmus zwingt Valerie, die Beine hochzuwerfen, während Cleo den

Rhythmus ihrer Finger beschleunigt. Gellend beginnt sie zu schreien, als Cleos Mund ihre feuchte Muschi umschließt. Ihre Unterschenkel sinken auf Cleos Schultern herab. Mit ihrer heißen Zunge entlockt ihr Cleo einen Höhepunkt nach dem anderen. Und dann leckt sie den Saft von den Innenseiten der Schenkel.

Cleo wischt ihren Mund ab, dann schleckt sie Valeries Honig von ihren Fingerspitzen. »Willst du ein Bier?«

Erschöpft nickt Valerie und beobachtet, wie Cleo das Schlafzimmer verläßt. Dann berührt sie ihre Muschi, spürt die nasse Wärme und schließt die Schamlippen, um ihre Leidenschaft abzukühlen.

Cleo kommt mit zwei gefüllten Biergläsern zurück. »Wahrscheinlich hast du daheim Probleme.«

»Ja.«

»Sie macht's dir zu selten.«

Verlegen preßt Valerie die Beine zusammen. »Darüber will ich nicht reden.«

Cleo lächelt und zieht Valeries Schenkel wieder auseinander. »Was soll der Unsinn? Du darfst dich nicht verstecken. Nicht vor mir.« Ihre blauen Augen strahlen, als sie Valeries Muschi betrachtet. »So ist's besser.« Wenige Sekunden später stellt sie ihr Bierglas beiseite und beginnt, Valeries feuchte Klitoris wieder mit ihrer langen Zunge zu massieren. Valerie ringt nach Luft. Nichts anderes ist wichtig. Nur dieser Mund, diese samtige Zunge, die sich in ihre Vagina zwängt. Begehrt zu werden – von einer großen blonden Frau mit geschmeidiger Zunge …

Nur wenig später springt Valerie aus dem Bett und zieht sich hastig an. Cleo versucht sie zurückzuhalten. Aber Valerie schüttelt den Kopf. »Ich muß gehen.«

»In Ordnung. Da ist meine Telefonnummer. Rufst du mich an?«

»Ja.« Von Schuldgefühlen überwältigt, flüchtet Valerie aus der Wohnung und hofft, sie würde bald ein Taxi finden.

Der Abend verläuft wie gewohnt. Während Frankie ihre Papiere studiert, liegt Valerie auf dem Sofa und schaut sich eine idiotische Fernsehsendung an. Dabei denkt sie an Cleo. Jetzt hat sie wenigstens Erinnerungen, die ihr wohlige Schauer über den Rükken jagen. Sie malt sich aus, wie sie von Cleo geleckt wird, bis sie die heißen Ströme des Höhepunkts spürt. Eine Weile bleibt sie, ohne Ruhe zu finden, auf dem Sofa liegen, dann geht sie ins Bett.

Am Samstag abend schlägt Frankie vor, ein chinesisches Restaurant zu besuchen. Glücklich sitzt sie einer süßen, aufmerksamen Frankie in einer kleinen Nische gegenüber. »Ich liebe dich«, flüstert Valerie. Frankie lächelt sie an. Während sie auf das Essen warten, berühren sich ihre Hände. Das ist alles, was Valerie sich wünscht. Nein, nicht alles. Sie braucht auch Sex.

Und daheim steht Sex auf dem Programm. Immerhin ist Samstag, nicht wahr? Frankie meint, sie sollten sofort ins Bett gehen, und das tun sie.

Unter der Decke küssen sie sich. Frankie streichelt Valeries Brüste und schiebt eine Hand zwischen ihre Schenkel. Zu schnell. Valerie wünscht sich ein längeres Vorspiel. Aber Frankies Finger gleiten bereits in ihre Vagina, hinein und heraus. Mit einem Fingerknöchel massiert sie die Klitoris. Unfähig, ihren Orgasmus hinauszuzögern, bäumt sich Valerie schreiend auf.

»Ist's gut so?« fragt Frankie.

»Ja.«

Als Valerie die Muschi ihrer Liebsten berühren will, hält Frankie ihre Hand fest. »Nicht nötig.«

Dann wendet sie sich ab. Valerie starrt ins Dunkel. Warum? Wie soll sie diese Frage beantworten?

Nach einer Weile steht sie auf und geht ins Bad. An die Wand gelehnt, reibt sie über ihre Klitoris. Schluchzend, von Bitterkeit gepeinigt, erreicht sie einen Orgasmus.

Am Montag ruft sie Cleo an.

»Ah, mein schönes Püppchen!« In Cleos Stimme schwingt sinnliche Freude mit, und sie verabreden sich für den nächsten Nachmittag. »Komm um ein Uhr zu mir. Ich warte auf dich.«

4

Cleo

Nachdem Cleo das Telefongespräch beendet hat, kehrt sie ins Wohnzimmer zurück und lächelt das Mädchen an, das auf der Couch liegt. »Alles in Ordnung, Püppchen?« fragt sie. »Willst du noch etwas trinken?«

Die Besucherin heißt Susan, eine Studentin mit langem, seidigem rotblondem Haar und einem gertenschlanken Körper, die sich lasziv auf dem Sofa ausstreckt. Verführerisch erwidert sie Cleos Blick und schüttelt den Kopf. »Nein, danke, ich habe keinen Durst mehr.«

Cleo setzt sich neben das Mädchen. Zu ihrem Sommerkleid trägt Susan Sandalen und keine Strümpfe. Fasziniert streicht Cleo über die langen, wohlgeformten Beine. »Du könntest ein Model sein.«

»So hübsch bin ich gar nicht.«

»Doch, du bist umwerfend.« Vor ein paar Stunden hat Cleo die Studentin in einer Bar aufgelesen. Nun gratuliert sie sich, denn Susan ist eine Schönheit und möchte es offensichtlich treiben. Solche Mädchen sind immer leicht zu haben und legen's drauf an. Vor allem die reichen College Girls aus dem Nordwesten. Cleo ist sechsundvierzig, und sie freut sich, weil sie seit einiger Zeit soviel Erfolg bei Frauen hat. Früher, als sie in Susans Alter war, ein typisches Blumenkind der sechziger Jahre, mußte sie sich mehr anstrengen. Jetzt ist sie eine gereifte, gelassene maskuline Lesbe mit unkomplizierten Wünschen. Sie begehrt dieses Mädchen schlicht und einfach. Entzückt beobachtet sie, wie ihre neue Gefährtin ein Knie hebt. Der Rock gleitet seitwärts und enthüllt einen Schenkel.

Susan weiß, was sie tut. Sie ist kaum geschminkt. Nur ein bißchen hellroter Lippenstift. Sie wirft ihr langes Haar gern über die eine oder die andere Schulter zurück. Manchmal streicht sie eine Strähne aus dem Gesicht. Obwohl sie schlank ist, besitzt sie volle Brüste und ausgeprägte Hüften. Das gefällt Cleo, und sie stellt sich vor, wie sich dieser üppige Busen in ihren Händen anfühlen wird. Das erinnert sie an Valeries Brüste. Valeries Stimme, vorhin am Telefon, das dunkle Schamhaar. Wahrscheinlich ringeln sich zwischen Susans Schenkeln rotblonde, seidenweiche Löckchen. Ihre Schönheit und Koketterie legen die Vermutung nahe, daß sie beherrscht werden will. Vielleicht ist sie keine richtige Lesbe, aber zweifellos interessiert genug, um Cleos Fantasie anzuregen. Wen mag Susan kennen? Mit wem ist sie zusammen? Cleo malt sich aus, das Mädchen würde um diese oder jene Wohltat flehen. Eine süße, fügsame Sklavin. Dieser Gedanke erhitzt Cleos Blut, denn sie liebt es, Macht auf ihre Frauen auszuüben. Sie findet auch genug Frauen, die sie darum anflehen. Mädchen wie Susan.

Nun steht Cleo auf, geht zum Büfett und öffnet eine Schublade, aus der sie eine Kamera und einen Film nimmt. »Ich will dich fotografieren. Mal sehen, ob du ein gutes Model bist.«

Susan hat nichts dagegen. Kokett wirft sie den Kopf in den Nacken. Sie genießt es, zu posieren und sich auf dem Sofa zu räkeln, aufreizend oder scheinbar spröde.

Während Cleo einige Aufnahmen macht, schwatzt sie unentwegt und lobt die Schönheit des Mädchens. Bald beginnt sie zu schwitzen. Sie zieht ihr Hemd aus. Als sie nur mehr ein T-Shirt und Jeans trägt, zeigt sich eine Tätowierung auf ihrem rechten Bizeps. Neugierig starrt Susan den Arm an, aber sie sagt nichts. Cleo richtet die Kamera wieder auf Susan und späht durch den Sucher. »Kann ich ein bißchen mehr Bein sehen, du sexy Mädchen?«

Kichernd zieht Susan ihren Rock hoch. Dann strafft sie die Schultern, um ihre Brüste unter dem Baumwollkleid zu betonen. Cleo fordert sie auf, die Beine zu spreizen, und Susan gehorcht. Plötzlich kommt ihr hellblauer Slip zum Vorschein.

»Ja, das ist gut.« Cleo blickt in den Sucher, mustert das blaue Höschen, unter dem sich der Venusberg wölbt, und drückt auf den Auslöser. Langsam bewegt Susan die Beine. Ihr Gesicht rötet sich, und Cleo errät, daß die Fotosession ihr Model erregt. Da sie ihre Frauen häufig knipst, weiß sie, wie einige auf die Kamera reagieren – daß schnell die Säfte fließen. Wie wird Susans Nektar schmecken?

»Zieh das Kleid aus, Schätzchen. Ich will noch ein paar scharfe Bilder machen.«

»Willst du mich damit irgendwann in Verlegenheit bringen?« kichert Susan.

»Du kriegst die Negative.«

»Versprochen?«

»Klar, Püppchen. Du vertraust mir doch?«

In wachsender Erregung beobachtet Cleo, wie das Mädchen aufsteht und den Reißverschluß am Rücken öffnet. Langsam führt Susan einen Striptease vor, enthüllt allmählich mehr von ihrem geschmeidigen Körper. Jetzt trägt sie nur mehr einen blauen Spitzen-BH und das Höschen mit dem hohen Beinausschnitt, der die runden Hinterbacken zeigt. Sie posiert für mehrere Fotos. Dann folgt sie Cleos Aufforderung, legt den BH ab und entblößt ihre Brüste, deren schwellende rosige Spitzen ein heißes Verlangen verraten.

Cleo legt die Kamera beiseite und geht zu dem Mädchen, das sie lächelnd erwartet. »Fällst du jetzt über mich her?« In gespielter Angst bedeckt Susan ihren Busen, achtet jedoch darauf, daß die Brustwarzen zwischen den gespreizten Fingern sichtbar bleiben.

Aber Cleo interessiert sich nicht für die Brüste ihrer neuen Freundin. Mit einem Arm umschlingt sie Susans Schultern und küßt sie, die andere Hand fährt in den blauen Slip. Susan schnappt an Cleos Lippen nach Luft, als die langen Finger in ihre feuchte Muschi eindringen.

Zielstrebig ertastet Cleo die Klitoris und kneift hinein. »Verkleidest du dich für mich?«

Die Augen halb geschlossen, stöhnt Susan: »Was meinst du?«

»Ich habe tolle Strümpfe und Schuhe. Machen wir ein paar brandheiße Fotos?«

»Nur wenn ich die Negative kriege.«

»Das habe ich dir doch schon versprochen.« Cleo zieht ihre Hand aus dem Höschen und leckt Susans Honig von den Fingern. Errötend beobachtet Susan die ältere Frau. Cleo lächelt ihr zu und verschwindet im Schlafzimmer. Wenig später kehrt sie mit einem Strumpfgürtel aus weißer Spitze, weißen Strümpfen und hochhackigen weißen Sandalen zurück. Zufrieden stellt sie fest, daß Susan inzwischen den blauen Slip ausgezogen hat, um ihr schönes rotblondes Dreieck zu enthüllen.

Verwirrt starrt das Mädchen die Sachen in Cleos Händen an. »Du bist anders.«

»Wie denn?«

»So etwas habe ich noch nie getan, ich meine – irgend etwas für jemand anzuziehen.«

»Aber du wirst es trotzdem tun?« fragt Cleo amüsiert.

»Ja, ich glaube schon.«

»Komm, ich helfe dir.« Cleo legt den Strumpfgürtel um Susans Hüften und streift die Strümpfe über ihre Beine.

Als Susan erst das rechte und dann das linke Bein hebt, wird Cleos Aufmerksamkeit auf die rosigen äußeren Schamlippen zwischen dem rotblonden Kraushaar gelenkt. Das Mädchen bückt sich, um die Strümpfe an den Strapsen festzuhaken, und die vorgeneigten Brüste gleichen reifen Granatäpfeln.

»Seit ich das anhabe, fühle ich mich wahnsinnig sexy«, sagt Susan.

»So siehst du auch aus. Jetzt die Schuhe, Püppchen.« An den Sandalen findet Cleo besonders große Freude. Sie schiebt Susans Füße hinein, schlingt die Riemen um die hübschen Knöchel und schließt die Schnallen.

Kichernd richtet sich Susan auf und stolziert in den hochhackigen Schuhen umher. »Laß mich in einen Spiegel schauen.«

Sie geht, von Cleo gefolgt, in die Diele zu dem großen Garderobenspiegel. In der weißen Reizwäsche sieht sie hinreißend aus. Sie betrachtet ihr Spiegelbild, zieht einen Schmollmund und posiert vor Cleos Kamera. Dann dreht sie sich um, blickt über die Schulter und mustert ihren prallen, vom weißen Strumpfgürtel umrahmten Po. Anmutig beugt sie ein Knie, in einer typischen Model-Pose, und schürt das Verlangen der älteren Frau.

Cleo legt die Kamera beiseite und reibt ihre eigene Muschi durch den Jeansstoff hindurch, während sie Susan beobachtet. Schließlich ergreift sie den Arm des Mädchens. »Gehen wir wieder ins Zimmer.«

Gehorsam läßt Susan sich ins Wohnzimmer führen. In den hochhackigen Sandalen ist sie größer als Cleo, die ihr bedeutet, daß sie geküßt werden will. Um ihren Lippen zu begegnen, muß Susan sich hinabbeugen.

Cleo streichelt die Hinterbacken des Mädchens. »Jetzt knipse ich deine Muschi.«

»Das habe ich erwartet.« Susan hat nichts dagegen einzuwenden, und sie genießt es sogar. Bereitwillig stellt sie einen Fuß auf einen Polstersessel, spreizt die Beine und zeigt alles, was Cleo sehen möchte.

Rasch holt Cleo die Kamera, fotografiert die rosige Blume, den glänzenden Tau auf den Blütenblättern, die Klitoris, die immer noch züchtig zwischen den inneren Fältchen verborgen ist. Als hätte Susan die Wünsche ihrer älteren Freundin erraten, zieht sie die Schamlippen auseinander und enthüllt die Perle.

»Einfach perfekt«, meint Cleo und macht eine Aufnahme von den Fingern des Mädchens, das mit sich selber spielt. Ihre Blicke begegnen einander, und

Susan errötet. Aber sie masturbiert weiter und schwankt in den hochhackigen Schuhen. Ihre Zunge fährt über die Lippen. Bei jeder Bewegung wippen die Brüste. Cleo bedeutet ihr, sich umzudrehen, unter dem Vorwand, sie würde die Strapse zurechtrükken. Statt dessen schiebt sie einen Finger zwischen die Hinterbacken des Mädchens und kitzelt den Anus.

Susan kreischt entzückt und entblößt lachend ihre kleinen weißen Zähne. »Oh, ich fühle mich wie eine Nutte!« Langsam windet sie die Hüften hin und her, als die langen Finger ihre feuchte Muschi berühren.

»So, nun knipsen wir diesen prachtvollen Po.« Cleo greift wieder nach der Kamera und veranlaßt Susan, sich zu bücken, ihre Hinterbacken auseinanderzuhalten und gleichzeitig die Möse zu präsentieren.

»Wie unanständig du bist«, sagt Susan.

»Aber es gefällt dir.«

»Warum ziehst du dich nicht aus und läßt dich lekken?« fragt Susan.

Cleo beginnt zu zittern und gibt ihr einen Klaps auf den Hintern. »Wer ist denn jetzt unanständig? Saugst du gern an alten Lesben?«

»Nur wenn sie gut schmecken.«

»Kleines Biest! Gut, leg dich auf den Teppich.«

Blitzschnell streckt sich Susan am Boden aus, während Cleo aus ihren Jeans und dem Slip schlüpft. Ihre Muschi ist naß, ihr Puls rast. Atemlos betrachtet sie das Mädchen, das auf sie wartet. Mit einer Hand umfaßt sie ihren Venusberg, kniet sich über Susans Gesicht und nähert ihre Möse den geöffneten Lippen.

»Braves Püppchen«, flüstert sie und reibt ihre Klitoris an Susans Nase und am Kinn.

Wie weit kann sie gehen? Wird das Mädchen jemals zu ihr zurückkehren? Manchmal kommen sie nie wieder. Man sehnt sich nach ihnen. Aber sie lassen sich nicht mehr blicken. Sie treten in dein Leben, denkt sie, dann verschwinden sie, und ich bin nur eine Anekdote in ihrer Vergangenheit.

»Los, leck mich!« drängt sie und schaut in Susans Augen. Ungeduldig bewegt sie ihre Hüften.

5

Valerie

Am nächsten Tag betritt Valerie die Wohnung Cleos in einem Kleid und hochhackigen Schuhen. Sobald die Tür geschlossen ist, tauschen sie heiße Küsse. Dann entdeckt Cleo die Strümpfe an den Strapsen und wird ganz wild. »Komm, zeig's mir!«

Valerie geht ins Wohnzimmer, hebt den Rock und enthüllt einen Strumpfgürtel aus schwarzer Spitze. Schon nach wenigen Minuten ist ihr Spitzenhöschen feucht geworden. Cleo fordert sie auf, umherzuwandern. Aber sie drängt Valerie bald ins Schlafzimmer und wirft sie aufs Bett. Hastig zieht sie ihr den Slip aus, zwängt ihre Schenkel unter Valeries Po und schiebt die Knie ihrer Gespielin zu den Brüsten hinauf, so daß alles verfügbar ist, wie auf einem Büfett. So etwas hat Valerie noch nie erlebt. Cleos Dominanz bringt sie fast um den Verstand. Die lange nasse Zunge flackert zwischen den Schamlippen, der Mund saugt an der Scheidenöffnung. Stöhnend und schaudernd ringt Valerie nach Atem.

»Gefällt dir das, Püppchen?«

»Ja ...«

»Reck deinen Hintern etwas höher. So ist's gut. Und laß die hübschen Beine oben.«

Valeries Bleistiftabsätze schwingen in der Luft hin und her. Cleos Finger teilen die rosige Blume, damit ihre Zunge besser an die Klitoris herankommt. Zitternd beobachtet Valerie, wie sie geleckt wird. Oh, diese aufregenden schmatzenden Geräusche ... Cleo preßt ihr Kinn zwischen die Hinterbacken.

Das müßte Frankie mit mir machen, denkt Valerie. Ich bin Frankies und nicht Cleos Frau. Aber jetzt spreize ich für Cleo die Beine, oder? Trotzdem – Frankie sollte es tun und merken, wie dringend ich so was brauche, wie gern ich's genießen möchte. Wenigstens ab und zu. Dieses Biest kümmert sich lieber um seine Papiere als um seine Ehefrau. So leckt sie mich nie – daß ich das Gefühl habe, ich wäre ein Festessen. O Gott, ich werde noch wahnsinnig!

Jetzt nimmt Cleo den ganzen Venusberg in den Mund, kaut an den Schamlippen und saugt sie zwischen ihre Zähne. Valerie glaubt, ihre pulsierende Klitoris wäre größer denn je. Als Cleos Zunge darübergleitet, wirft Valerie stöhnend ihren Kopf in den Nacken. *O ja, leck daran, saug daran ...* Mit beiden Händen umfaßt Cleo den Hintern ihrer Gespielin und schiebt ihre Daumen in die Vagina, um sie zu dehnen. Dann schleckt sie die Klitoris ab, bis sie die Zuckungen des Höhepunkts spürt.

Valerie öffnet die Augen und sieht Cleo lächeln.

»War's schön, Püppchen?«

»O ja«, flüstert Valerie.

Cleo sitzt in der Lotusposition vor ihr, die Knie weit auseinander, und ihr Schlitz scheint Valerie anzustarren, zu hypnotisieren.

»Darauf hast du bisher wohl verzichtet? Das solltest du nicht. Es schadet dir und macht dich verrückt.« Erst streichelt Cleo einen schmalen, von Nylon umhüllten Fußknöchel, dann den Schuh. Ihre

Fingerspitzen liebkosen den hohen Absatz. »Jedenfalls mag ich dich. Nur damit du's weißt.«

»Und ich mag dich auch«, haucht Valerie errötend. Dann fragt Cleo, wie eng sie mit ihrer Lebensgefährtin verbunden sei, und Valerie erklärt, daß sie Frankie nicht verlassen will, weil sie hofft, eines Tages werde sich alles zum Guten wenden. Warum nicht? Die Menschen können sich doch ändern – oder? Unverwandt starrt sie Cleos Muschi an. Es läßt sich gar nicht vermeiden.

Als Cleo den Blick bemerkt, lächelt sie. »Willst du mich?« Ohne eine Antwort abzuwarten, kauert sie sich über das Gesicht Valeries und senkt die Hüften, bis der rosa Schlitz direkt über ihrem Mund klafft. Keuchend bewegt sie den Hintern vor und zurück, hält sich am Kopfteil des Bettes fest und beteuert in einem fort, wie süß sie ihr Püppchen findet.

Später macht sie es Valerie mit den Fingern. Valerie würde lieber die Muschis aneinander reiben, weil sie das sehr gern mit schlanken, kräftig gebauten Frauen macht. Aber Cleo besteht auf ihrer Methode. Also legt sich Valerie zurück, zieht die Knie an, und die langen Finger bringen sie dreimal zum Orgasmus. Bei diesen kraftvollen Aktivitäten wird Valeries Vagina wund gerieben. Cleo bietet ihr an, die Faust hineinzuschieben. Nein, vorerst hat Valerie genug. Nächstes Mal, verspricht Cleo, würde sie ihr zeigen, wie fantastisch es ist, die ganze Hand in sich zu spüren. »Das macht dich ganz wild. Und ich kann's sehr gut.«

»Du siehst bedrückt aus«, meint Jay, Valeries beste Freundin. Valerie hat nach dem College-Abschluß zwei Jahre lang als Lehrerin gearbeitet und Jay in der Schule kennengelernt. Damals hielten sie ihre Veranlagung noch geheim. Es war schwierig und irgendwie auch peinlich, Kontakte zu knüpfen. Nur ein einziges Mal liebten sie sich – eine dieser Affären, die zu nichts führen. Danach wurden sie gute Freundinnen und blieben immer in Verbindung, und Valerie schätzt Jays Gesellschaft. Jetzt sitzt sie mit ihr in einem City-Café und empfindet das Bedürfnis, sich alles von der Seele zu reden. Die Probleme mit Frankie, die neue Beziehung zu Cleo.

Als Valerie verstummt, hebt Jay die Brauen. »Ich glaube, diese Cleo kenne ich.«

»Wirklich?«

»Wie du weißt, gehe ich nicht in die Szenebars. Aber ich habe sie bei einer Lesbengruppe getroffen. Betreibt sie nicht eine Leasingfirma für Lastwagen?«

»Ja.«

»Dann muß sie's sein. Angeblich ist sie ziemlich mies.«

»Wie meinst du das?«

»Sie kommandiert ihre Mädchen herum. Was wirst du denn machen?«

»Keine Ahnung.« Valerie liebt Frankie. Deshalb will sie sich nicht von ihr trennen. Jay kennt Frankie und mag sie. Jetzt lebt sie mit einer älteren Lehrerin zusammen. Valerie erklärt, sie wolle Frankie nicht verlassen. Aber sie sei nicht glücklich mit ihrem Leben. »Im Augenblick geht's mir ziemlich schlecht.«

Jay legt den Kopf schief. »Keine Bange, das wird sich schon wieder einrenken. Es macht auch nichts, wenn man sich nebenbei ein bißchen vergnügt. Paß bloß auf, daß Frankie nichts merkt.«

»Aber ich tu's nicht gern.«

»So was macht niemand Spaß. Und man tut's nur, weil man's braucht.«

Genau, denkt Valerie. Wenn ich's brauche und daheim nicht kriege, muß ich's mir woanders holen, damit ich was vom Leben habe.

»Nimm dich in acht vor Cleo«, warnt Jay. »Laß dich nicht zu sehr unterbuttern.«

Gerade das ist es, was Valerie gefällt. Sie läßt sich gern von Cleo herumkommandieren.

»Mein süßes Püppchen«, seufzt Cleo. Sie hat Valerie in ihr Bett gelockt, und beide sind nackt. Jetzt liegt Valerie auf dem Rücken, die Knie angezogen, und beobachtet, wie sich die ältere Frau in die richtige Position bringt, so daß die Muschis einander küssen können. Einen Augenblick später reiben sich Bäuche und Venusberge aneinander. Cleo legt Valeries Beine über ihre Schultern, stützt sich mit beiden Händen auf die Matratze und stößt ihre junge Geliebte mit aller Kraft. »Wie gefällt dir das, Püppchen?«

»Fabelhaft«, stöhnt Valerie. Die zarte Haut ist wund, ihre Vagina scheint zu brennen.

Lachend bewegt Cleo die Hüften und preßt sich an Valeries Muschi. Dann drückt sie die Beine ihrer Beliebten nach unten und legt sich flach auf ihren Körper. Während sie ihr ganzes Gewicht auf Valerie verlagert, rutscht sie umher, und die Säfte beider Mösen verteilen sich auf Valeries Bauch.

Dann schiebt Cleo zwei Finger in Valeries Vagina und reibt sie. Dabei wippen ihre Hüften auf und ab. Ganz tief dringt sie in die Scheide ein, mit jener besitzergreifenden Gewalt, die Valerie liebt. Sie genießt es, so von einer Frau genommen zu werden und zu spüren, wie die Finger ihre Öffnung dehnen. Noch mehr, noch heftiger ... Darum bittet sie Cleo unablässig. Sie schreit auf, als sie von den langen Fingern mißhandelt wird. Dieser Sex außerhalb der Beziehung zu Frankie kann nicht falsch sein. Im Augenblick zählt nur das Vergnügen, das sie empfindet. Und Cleos Fähigkeit, sie immer wieder zu befriedigen. Die Knie an ihre Brüste gepreßt, kostet sie die schmerzhafte Penetration aus.

Abrupt zieht Cleo ihre Hand zurück. »Dreh dich um, Püppchen.«

Enttäuscht über die plötzliche Unterbrechung, stöhnt Valerie. Aber sie gehorcht und dreht sich auf den Bauch, zitternd vor Erregung. Cleo schlingt einen Arm um Valeries Taille und bedeutet ihr, sich hinzuknien. Valeries Kopf liegt auf dem Kissen, der Hintern reckt sich in die Luft, ihr Körper ist allen Angriffen wehrlos ausgeliefert. Während Cleo hinter ihr kniet, zieht sie Valeries Schamlippen auseinander und beteuert, wie hübsch sie aussehen würden. »Rot und naß. Überall köstlicher weißer Schaum.«

Valerie erschauert. Wie sie diese hemmungslose, animalische Lust liebt ... Darauf kommt es an beim Sex zwischen Frauen – ihr Hintern und ihre Möse, ihre beiden Öffnungen, stehen Cleo zur freien Verfügung. Das braucht Valerie. Und Frankie gibt's ihr nicht.

Erwartungsvoll zittert sie und weiß nicht, was Cleo jetzt tun wird. Vielleicht wird sie ihren Hintern hernehmen. Etwas, das Frankie niemals tut. Valerie sagt sich, dieses Liebesspiel würde sie nicht stören. Wenn's richtig gemacht wird, gefällt's ihr. Das Vergnügen kann ziemlich intensiv sein. Langsam schwingt sie die Hüften von einer Seite zur anderen – eine stumme Aufforderung. Jetzt soll Cleo endlich etwas tun.

Langsam schiebt Cleo ihr wieder zwei Finger in die Vagina und neigt sich über ihren Körper. Valerie wimmert, als Cleo eine ihrer schwingenden Brüste umfaßt und in die steife Knospe kneift, während sich die langen Finger heftig in ihr bewegen. Wimmernd reibt Valerie ihre Hinterbacken an Cleos Bauch, ihre Säfte fließen. Ein wilder Orgasmus jagt heiße Wellen durch ihr Blut.

Nach einer Weile zieht Cleo die Finger heraus und wischt sie an Valeries Hintern ab. »Setz dich jetzt auf mich, Schätzchen. Versuchen wir's mal auf diese Art.«

Die Nerven zum Zerreißen gespannt, ist Valerie bereit, alle Wünsche Cleos zu erfüllen.

Cleo legt sich auf den Rücken, und Valerie kniet über ihrem Bauch. Wieder spürt sie, wie Cleo in ihre Vagina greift.

Ächzend reitet sie auf den Fingern der älteren Frau und läßt die Hüften kreisen. Vor Entzücken schreit sie gellend auf, als Cleos freie Hand eine ihrer Brüste umfaßt.

»Komm schon, Püppchen!« kichert Cleo. »Bums meine Finger!«

»Das tue ich ja«, flüstert Valerie atemlos.

»Würdest du auf meine Hand pinkeln? Ich mag's, wenn ein Mädchen auf meine Hand pinkelt, wenn ich's bumse.«

»Bitte, Cleo ...«

»Willst du nicht?«

»Das ist zuviel«, kichert Valerie.

»Nun mach schon, nur ein kleines bißchen.«

»Nein, ich kann nicht.« Nicht einmal für Cleo wird sie das tun. Es ist zu unanständig, zu vulgär. Sie wippt bereitwillig auf Cleos Fingern auf und ab. Aber sie weigert sich, diesen Wunsch zu erfüllen.

Genüßlich spürt sie, wie Cleos Fingerknöchel an ihrer Klitoris reibt. Jetzt läßt Cleo die Brust los, um Valeries Hintern zu packen. Ihre Finger ertasten den Anus, und Valerie beginnt wieder zu schreien, als beide Öffnungen vereinnahmt werden. Bebend kauert sie über Cleo, in totaler Kapitulation, und ihr Nektar benetzt beide Körper. Hilflos und wimmernd erlebt sie einen wahnwitzigen Höhepunkt. Dann sinkt sie erschöpft zur Seite.

Cleo nimmt sie in die Arme, haucht besänftigende Küsse auf ihre Lider und ihre Stirn. »So fantastisch ist's dir gekommen. Nur für mich. Ich liebe dich.« Ihre Hände liebkosen Valeries Hinterbacken, die starken Finger graben sich ins Fleisch. Glücklich schmiegt sich Valerie an die ältere Frau, die Lippen an ihren Hals gepreßt, während ihr Po massiert wird.

»Brauchst du die Decke?«

»Nein, ich friere nicht«, erwidert Valerie.

»Bist du sicher?«

»Ja.«

Cleos Finger gleitet in Valeries After. »Wie eng du bist.«

»O Cleo …«

»Ich weiß, das gefällt dir.«

»Nur wenn's nicht weh tut«, seufzt Valerie an Cleos Hals.

»Tut's jetzt weh?«

»Nein.«
»Gehört dein Arsch *mir*?«
»Cleo, bitte ...«
»Sag's mir!«
»Ja.«

Lachend küßt Cleo Valeries Lippen. Und Valerie genießt den Kuß. Sie will alles, was Cleo will. Vielleicht ist das ihre Rache an Frankie. Wenn Cleo ihren Hintern besitzen möchte, soll sie ihn kriegen. Der Schließmuskel zuckt um Cleos Finger herum. Aber die Öffnung ist zu trocken.

»Nimm irgendwas, Cleo.«

Ja, sagt Cleo, sie kann eine Lotion verwenden. Dann greift sie nach einem Fläschchen, das auf dem Nachttisch steht. Zitternd liegt Valerie auf der Seite und beobachtet, wie Cleo die Lotion auf ihren schmalen Fingern verteilt. Das Blut steigt ihr brennend in die Wangen, und sie fühlt sich wieder unsicher. Diese langen Finger in ihrem Körper ...

Cleo veranlaßt sie, ein Bein anzuziehen und das Knie an die Brust zu pressen. Nun verteilt sie etwas Lotion auf Valeries Anus. Die Augen geschlossen, hält Valerie den Atem an, als Cleos Finger in die cremige Öffnung eindringt.

»Du bist immer noch verkrampft«, meint Cleo. »Komm schon, entspann dich für mich, Schätzchen.« Behutsam dehnt ihr Finger den engen Ring, gleitet langsam hinein und hinaus.

Von der Intimität des Akts überwältigt, erschauert Valerie. Ja, das wünscht sie sich. So will sie genommen werden. Die Lotion mildert die Reibung, das Entzücken wächst. Ganz vorsichtig weitet Cleo die Öffnung, flüstert zärtliche Worte und fragt, ob es ihr gefällt. Ja, ganz sicher, denn jetzt würde sie spüren, wie Valerie sich entspannt. Cleo fügt einen zweiten Finger hinzu und drängt Valerie, sich zu öffnen. Immer tiefer dringt sie ein.

Stöhnend bemüht sich Valerie, alle Muskeln zu lockern und beide Finger aufzunehmen. Cleo bewegt sich sanft und kraftvoll zugleich. Jetzt ist Valeries After empfänglich und nachgiebig, sehnt sich nach den langen Fingern, nach intensiveren Zärtlichkeiten. Hingebungsvoll läßt sich Valerie küssen, von Cleos freiem Arm umfangen, und hört die heisere Stimme, die ihr zuflüstert, sie sei ein verdammt geiler kleiner Arsch. Das gefällt Valerie. Und sie liebt alles an Cleo.

»Komm für mich, Schätzchen. Komm für Cleo.«

Schreiend bäumt sich Valerie auf, und während ihr Anus Cleos Finger umklammert, genießt sie einen schwindelerregenden Orgasmus.

6

Frankie

Um zwei Uhr nachmittags sitzt Frankie in Dr. Virginia Fays Wartezimmer. Drei andere Frauen mittleren Alters, teuer gekleidet, blättern leise raschelnd in Illustrierten. Hinter einer Glaswand zeichnet sich der Schatten der Sprechstundenhilfe ab.

Ärgerlich runzelt Frankie die Stirn. Es ist erst ihr zweiter Besuch bei der neuen Gynäkologin. Als der Termin telefonisch vereinbart wurde, versicherte das Mädchen, sie müsse nicht warten; Dr. Fay verstehe die Probleme berufstätiger Frauen, die an Arbeitstagen keine Zeit verschwenden könnten. Gar nichts versteht sie, denkt Frankie. Dr. Fay wurde ihr von Sandy Edberg empfohlen, einer Anwältin. Keine Freundin, nur eine Kollegin. Aber vermutlich weiß Sandy, daß Frankie lesbisch ist. Der erste Besuch bei Dr. Fay verlief ereignislos und routinemäßig. Wenigstens mußte Frankie damals nicht warten. Sie haßt es, in Wartezimmern herumzusitzen. Rastlos rutscht sie in ihrem Sessel umher, ergreift ein Magazin und spielt mit dem Riemen ihrer Armbanduhr.

Endlich öffnet sich das Glasfenster, und das Gesicht der Sprechstundenhilfe erscheint. »Mrs. Hooper?«

Einige Minuten später sitzt Frankie allein im Behandlungsraum auf der gepolsterten Untersuchungsliege. Nun muß sie schon wieder warten. Ihre Kleider hängen an einem Ständer, ein grüner Baumwollkittel umhüllt ihren Körper. Die Tür öffnet sich, und Dr. Fay tritt ein, eine etwa vierzigjährige, hochgewachsene Frau im weißen Kittel mit geschäftsmäßigem Lächeln.

»Wie fühlen wir uns heute?«

»Gut.«

Während die Ärztin Frankies Blutdruck mißt, macht sie Konversation, schwatzt über das Wetter, den Verkehr auf dem Outer Drive, die letzte Ausstellung im Art Institute.

»Und das Liebesleben? Treffen wir die nötigen Vorsichtsmaßnahmen?«

»Ja.«

»Sind Sie nur mit *einem* Mann zusammen?«

Bevor Frankie antwortet, zögert sie kurz. »Ich bin lesbisch, Doktor.«

Nervös zieht Dr. Fay die Stöpsel des Stethoskops aus ihren Ohren und steckt das Instrument in eine Tasche ihres Kittels. Sie weicht Frankies Blick aus. »Tut mir leid, das ist auf Ihrem Krankenblatt nicht vermerkt. Gleich bin ich da, dann nehme ich die Beckenuntersuchung vor.«

Wieder einmal ist Frankie allein. Der Raum, die Ärztin, der grüne Kittel und die schwammige Polsterung der Liege unter ihrem Po irritieren sie. Schon immer hat sie Ärzte und Kliniken und alle medizinischen Dinge gehaßt. Als Kind ist sie bei einer Untersuchung schreiend weggelaufen. Sie sagt sich, Dr. Fay müßte über die lesbische Veranlagung informiert sein. Das hat Frankie bei ihrem ersten Besuch erwähnt. Dummes Biest in einem weißen Kittel, denkt sie und überlegt, wie lästig es wäre, eine andere Gynäkologin zu suchen.

Die Tür schwingt auf, und die Sprechstundenhilfe kommt herein, eine dünne junge Frau mit dunklen Augen, unscheinbar. Schon beim ersten Termin hat Frankie die Lesbe erkannt. Sie wird zum gynäkologischen Stuhl geführt, setzt sich darauf, und die Sprechstundenhilfe justiert die Fußstützen an den Seiten. Während Frankie sich zurücklehnt, legt das Mädchen ihre Füße in die Halterungen. »So ist's gut.« Frankies Herz schlägt etwas schneller, weil sich ein prüfender Blick auf ihre Muschi richtet, und sie stellt sich vor, die Frau würde ihr das Gesicht zwischen die Schenkel pressen, um sie mit einer langen Zunge zu beglücken. Aber die Sprechstundenhilfe ist zu häßlich, und Frankie schaut weg. Wie es wohl wäre, diesen Beruf auszuüben und jeden Tag mehrere Mösen zu sehen? Ein amüsanter Gedanke. Marcia hat nur die Achseln gezuckt, als Frankie das wissen wollte. Aber Marcia arbeitet in der Psychiatrie und hat wenig Chancen, Muschis zu inspizieren.

Jetzt kehrt die Ärztin zurück und beginnt, ihre Patientin zu untersuchen, unpersönlich und effizient. Dabei wirft sie kaum einen Blick in Frankies Gesicht. War sie letztes Mal auch so distanziert? Entsinnt sie sich, daß Frankie vorhin erklärt hat, sie sei lesbisch? Vielleicht ist sie deshalb so reserviert. Dr. Fay beschäftigt eine lesbische Sprechstundenhilfe, aber sie selber ist nicht so. Oder wenn sie's ist, zeigt sie's nicht. Ihre Finger bohren sich in Frankies Vagina, nehmen einen Abstrich vor. Dann schiebt sie ihre Nase beinahe zwischen die Schamlippen, während sie hineinspäht, eine helle Lampe über der Stirn, mit der sie wie ein Flüchtling aus einem Science-fiction-Film aussieht. Ist sie lesbisch? Verdammt, das interessiert mich nicht, denkt Frankie, ich will nur hier heraus. Die Routine dieser Praxis mißfällt ihr. Bei der anderen Gynäkologin war die Atmosphäre etwas angenehmer. Wahrscheinlich findet sie's einfach nur widerwärtig, wenn fremde Frauen in ihre Muschi schauen.

»Alles in Ordnung«, verkündet Dr. Fay und steht von ihrem Stuhl auf. »Falls der Abstrich negativ ist, sehen wir uns in sechs Monaten wieder.«

Klar ist der Abstrich negativ, denkt Frankie. Warum auch nicht? Die Sprechstundenhilfe hebt Frankies Fußknöchel aus den Stützen. Aber anstatt zu verschwinden, trödelt sie herum. »Hat's geregnet, als Sie hergekommen sind?«

»Nein.

»Ich vergesse immer, einen Schirm mitzunehmen.«

Frankie möchte allein sein, wenn sie aus dem Kittel schlüpft und sich anzieht. Also bleibt sie auf dem gynäkologischen Stuhl sitzen. Aber die Sprechstundenhilfe kramt in einem Schrank. »An manchen Tagen ist dieser Job eine reine Qual.«

Frankie gibt keine Antwort und wartet. Endlich murmelt das Mädchen etwas Unverständliches und verläßt den Raum.

Dumme Gans, denkt Frankie.

Am späteren Nachmittag sitzt sie in ihrem Büro. Die Stimme der Sekretärin ertönt aus der Sprechanlage. »Da ist eine Miß Marcia Mason. Sie sagt, sie sei Ihre Klientin.«

Ärgerlich unterdrückt Frankie einen Fluch. »Ist gut. Schicken Sie sie zu mir, und stellen Sie keine Anrufe durch.«

»Störe ich dich?« Marcia kommt herein und schließt die Tür hinter sich. »Heute habe ich früher frei, und ich dachte, ich könnte dich einmal besuchen.«

»Es ist besser, wenn du vorher anrufst«, erwidert Frankie und lächelt gezwungen.

Statt sich zu setzen, geht Marcia um den Schreibtisch herum und küßt Frankies Mund. »Sei mir bitte nicht böse. Ich *mußte* dich sehen.«

»Nein, ich bin nicht böse«, lügt Frankie voll Unbehagen und fürchtet, man könnte sie mit Marcia im Büro ertappen. Sie springt auf und versperrt die Tür. Nun fühlt sie sich etwas sicherer. Sie führt Marcia vom Fenster weg und küßt sie. »Normalerweise führe ich in der Kanzlei kein Privatleben, Schätzchen.«

»Tut mir leid.«

»Schon gut – wenn du schon mal hier bist ...« So ungehalten ist Frankie gar nicht. Sie genießt Marcias Nähe, den Duft des Parfums, den Anblick der runden Brüste in der tief ausgeschnittenen Bauernbluse. »Oh, du trägst keinen BH.«

»Natürlich nicht«, bestätigt Marcia kichernd, und sie küssen sich wieder.

Frankie streichelt den schönen Busen. Endlich ein Lichtblick an diesem miesen Tag ... Sie hebt eine Brust aus dem Ausschnitt und beginnt daran zu saugen. Dazu wird sie von Marcia ermutigt, die ihr die pralle Halbkugel entgegenstreckt und lustvoll stöhnt.

»Oh, es ist einfach himmlisch, wie du das machst!«

Während sie die große, harte Brustwarze im Mund behält, schiebt Frankie eine Hand unter Marcias Rock und greift ins feuchte Höschen. Ihre beharrlichen Finger finden ihr Ziel zwischen wulstigen Schamlippen und bewegen sich, bis Marcia den Höhepunkt erreicht.

»O Gott!« keucht Marcia.

»Komm, gehen wir. Ich sage meiner Sekretärin, daß ich heute früher Schluß mache.«

Zwischen Marcias gespreizten Beinen surrt ein Panasonic Special. Sie sitzt nackt auf ihrem Bett, und die Brüste wippen hin und her wie zwei Ballons. Immer wieder bohrt Marcia den Vibrator aus schwarzem Gummi in sich hinein und stöhnt ekstatisch. Über ihr Gesicht rinnen Schweißtropfen, die Knie zittern, während heiße Wellen durch ihre Vagina strömen.

Frankie sitzt auf einem Stuhl neben dem Bett, in ihrer Unterwäsche. Bis jetzt ist nicht viel passiert. Marcia ignoriert sie und amüsiert sich mit ihrem Vibrator, was Frankie zu der Überlegung veranlaßt, ob dieses Mädchen vielleicht zu hemmungslos für ihren Geschmack ist, zu unkontrolliert im sexuellen Bereich. Daß Marcia einen Vibrator benutzt, stört Frankie nicht. Aber sie findet es unerträglich, einfach nur dazusitzen und nichts zu tun. Außerdem staunt sie ein bißchen, weil Marcia einen kontinuierlichen Orgasmus erzielt. Wenn sie selber einen Vibrator verwendet, kommt es ihr in gewissen Abständen – peng, peng –, aber sie verspürt keine ununterbrochenen Zuckungen. Gemeinsam mit Valerie hat sie solche Spiele noch nie getrieben. Sie vergnügen sich mit Dildos, nicht mit elektrischen Geräten. Von Vibratoren hält Frankie nichts. Zu mechanisch. Lieber läßt sie sich von den Fingern und Lippen einer Frau reizen anstatt von einem surrenden Ding, dessen Kabel in der Wand steckt.

Schließlich steht sie auf und zieht den Stecker aus der Dose. Marcia blinzelt bestürzt. Erst starrt sie den leblosen Vibrator an, dann Frankie. »He, was soll das, zum Teufel?«

»Entweder packst du das Ding weg, oder ich gehe.«

»Machst du Witze?« kichert Marcia.

»Keineswegs.« Frankie klettert ins Bett, nimmt den Vibrator aus Marcias Händen und wirft ihn auf den Nachttisch. Entschlossen drückt sie Marcias Beine weit auseinander, legt sich dazwischen und reibt ihr Schambein an der feuchten Muschi.

»O ja!« flüstert Marcia und zieht die Knie an. Aber Frankie bedeutet ihr, die Beine auszustrecken. Sobald das Arrangement ihren Wünschen entspricht, preßt sie ihren Venusberg kraftvoll auf Marcias Schamlippen. Langsam bewegt sie sich auf und ab, ihr Höschen wird von Marcias triefenden Säften getränkt.

Bald genießt Marcia einen Orgasmus. Doch das genügt ihr nicht. Sie dreht sich herum. Auf allen vieren wendet sie Frankie ihren Hintern zu. »Jetzt machen wir's mal so.«

In wachsendem Verlangen starrt Frankie die behaarte Möse und den prallen Hintern an. In diesen Regionen besitzt Marcia mehr Haare als die meisten anderen Frauen. Frankie streichelt die Hinterbakken, kitzelt die geschwollenen Schamlippen, zieht sie auseinander und berührt die Klitoris mit ihrer

Zunge. Sofort drückt die üppige Brünette ihren Po nach hinten, um den Druck auf der Klitoris zu verstärken.

»Los, steck die Finger in mich hinein«, ächzt Marcia. Doch daran ist Frankie nicht interessiert, und sie ärgert sich ein bißchen, weil Marcia solche Wünsche äußert. Wie sie aus Erfahrung weiß, pflegt man's der Partnerin zu überlassen, ob sie's tun will oder nicht. Anstatt auf den Vorschlag einzugehen, saugt sie noch heftiger an Marcias Klitoris und schiebt die Zunge in die Öffnung der Vagina. Genüßlich preßt Marcia ihre Hinterbacken an Frankies Gesicht.

Vielleicht sollte ich mit ihr Schluß machen, denkt Frankie, als sie sich später anzieht. Dieses Mädchen erwartet einfach zuviel von mir. Aber sie sagt nichts. An der Wohnungstür gibt sie Marcia einen Abschiedskuß und kneift in ihren Busen.

»Darf ich dich was fragen?« beginnt Valerie zögernd, als sie an diesem Abend mit Frankie im Wohnzimmer sitzt.

»Ja?«

»Stimmt etwas nicht zwischen uns?«

»Wovon redest du? Ich habe nichts gemerkt.«

»Irgend etwas ist passiert.«

»Gar nichts.«

»Nie hast du Zeit für mich.«

»Geht's um Sex?«

»Ja.«

»Valerie, du weißt doch, wie beschäftigt ich bin.«

»Genau das meine ich – du bist immer beschäftigt.«

»Sei bitte nicht albern. Als wir uns kennengelernt

haben, mußte ich genauso viel arbeiten wie jetzt. So ist das nun mal in meinem Beruf.«

Valerie schweigt und blättert wieder in ihrer Zeitschrift. Wie der Zeiger eines Metronoms schwingt ihr Bein, das sie über das andere geschlagen hat, hin und her.

Zwei Stunden später steht Frankie im Flur vor dem Schlafzimmer. Die Tür ist einen Spaltbreit geöffnet, und sie sieht Valerie auf dem Bett liegen, im rosa Nachthemd, das Frankie etwas zu kitschig findet. Die Beine gespreizt, das Hemd hochgezogen, bewegt Valerie die rechte Hand in ihrer Muschi.

Frankie beobachtet sie. Jetzt kann sie hineingehen und das Spiel unterbrechen, oder draußen bleiben und zuschauen. Sie entscheidet sich für die zweite Möglichkeit. Vielleicht legt's Valerie sogar darauf an.

Haben sich meine Gefühle für Val geändert, fragt sich Frankie. Am Anfang war sie alles, was ich mir je erträumt habe, und ich dachte, wir würden immer glücklich sein. Nichts könnte uns jemals trennen. Jetzt starrt sie auf die zuckenden Finger und versteht nicht, warum sie jemals so naiv war – warum sie nicht wußte, was sie sich wirklich vom Leben wünscht.

7

Valerie

»Hör auf, das ist mir unangenehm«, sagt Valerie zu Cleo, die ihr in der Nische eines Restaurants gegenübersitzt. Es ist zwei Uhr nachmittags, und sie fühlt sich unbehaglich, weil sie seit zehn Minuten mit indiskreten Fragen nach ihrem Sex mit Frankie bestürmt wird. Darüber möchte sie nicht reden, weil es Frankie gegenüber illoyal wäre. Idiotisch, flüstert eine innere Stimme, denn der heimliche Sex mit Cleo ist noch viel illoyaler.

»Du meinst, es erregt dich«, kontert Cleo.

»Das habe ich nicht gesagt. Aber ich will nicht über Frankie sprechen, hinter ihrem Rücken.«

»Und ich dachte, du magst mich.«

»Natürlich mag ich dich, Cleo, sogar sehr.«

»Nicht genug, um mir zu erzählen, was du mit Frankie machst.«

Beklommen späht Valerie wieder aus der Nische, um sich zu vergewissern, daß niemand da ist, der Frankie kennt. Sie war nicht besonders erfreut, als Cleo dieses Restaurant vorgeschlagen hat. Aber nun sitzen sie hier, und es läßt sich nicht ändern. »Wir tun nichts Ungewöhnliches. Ich weiß auch nicht, warum das so wichtig für dich ist.«

Cleo lächelt und mustert die Kellnerin, die am Tisch vorbeigeht. »Weil's mich interessiert. Hat sie schon mal die Faust in dich hineingeschoben?«

»Nein.« Heiße Röte färbt Valeries Wangen.
»Wann habt ihr's zum letztenmal getrieben?«
»Samstag abend.«
»Ach ja, immer samstags und mittwochs, nicht wahr?« Cleo lacht. »Was habt ihr gemacht?«
»Bitte, Cleo ...«
»Zier dich nicht, du wirst es mir ohnehin erzählen. Das weißt du.«
Also schildert Valerie, was am Samstag abend geschehen ist. Frankie hat sie in ein Restaurant eingeladen. Danach haben sie sich zur Abwechslung im Wohnzimmer geliebt. Frankie hat sie veranlaßt, auf dem Sofa zu knien, und hat ihr's von hinten mit den Fingern besorgt.
»Hat's dir gefallen?« fragt Cleo belustigt.
»Klar.«
»Und was ist dann passiert?«
»Nichts, wir gingen schlafen.«
»Das war alles? Wie sieht ihre Pflaume aus? Hat sie eine große Klitoris?«
»Cleo, bitte ...«
»Worum bittest du mich denn, Schätzchen?«
»Nicht so laut! Wir sitzen in einem Lokal.«
»Verdammt, glaubst du, das wüßte ich nicht? Gerade stelle ich mir vor, wie es wäre, meine Zunge ganz tief in deine Möse zu schieben und damit herumzuwackeln. Würde dir das Spaß machen?«
»O Gott!«

In Cleos winzigem, beengtem Bad zieht Valerie das Höschen aus, zerrt den Rock hoch und beugt sich über die Toilette, um ihren Hintern zu präsentieren.
»Mein süßes Püppchen«, murmelt Cleo, und Vale-

rie stützt sich stöhnend mit einer Hand auf den Spülkasten. »Wie scharf du mich immer machst ...«

Valerie spürt, wie Cleos Finger zwischen die Hinterbacken wandern, die Schamlippen teilen und sie aufreizend kitzeln.

»Beweg dich nicht!« mahnt Cleo.

Valeries Herz schlägt schneller, als sie sich vorstellt, wie sie aussehen muß, mit nacktem Po über die Toilette geneigt. Plötzlich stockt ihr Atem. Die Finger stimulieren ihren Anus.

»Bitte, Cleo ...«

»Ich sagte, du sollst dich nicht bewegen.«

Das haben sie schon öfter praktiziert, und inzwischen ist Valerie an diese Spiele gewöhnt. Sie hört, wie Cleo den Badezimmerschrank öffnet. Wenig später spürt sie etwas Kühles am After, eine Salbe, die es Cleos Finger ermöglicht, mühelos einzudringen.

»Mein Daumen«, verkündet Cleo kichernd. Während er sich in Valeries Rektum schiebt, gleiten der Zeige- und der Mittelfinger in die feuchte Vagina. »So, jetzt hab' ich dich.« Die drei Finger halten Valeries zwei Öffnungen fest wie eine Boule-Kugel. »Und jetzt beweg dich. Zeig Cleo, wie dieser Arsch wippen kann.«

Was für köstliche Gefühle ... In Valeries Bauch beginnt ein wildes Feuer zu lodern, noch geschürt von einer brennenden Scham, von der Erkenntnis, wie bedingungslos sie sich Cleos Willen unterwirft.

Begierig schwingt sie ihren Hintern hin und her. Schon auf der Heimfahrt im Taxi hat Cleo sie gereizt und prophezeit, was sie empfinden würde, wenn sie die drei Finger in sich spürt und ihren Po bewegt. Jetzt ist es Wirklichkeit. Immer wieder preßt sie die

Hinterbacken an Cleos Hand und bumst sich selbst. Verzweifelt strebt sie einen Orgasmus an, bäumt sich keuchend auf. Als sie endlich ihren Höhepunkt erzielt, lacht Cleo, und Valerie schwenkt schreiend ihre Hüften hin und her.

Ohne die Finger zu entfernen, fragt Cleo: »War's schön, Baby? Komm, noch ein bißchen. Bring's zu Ende.«

Erstaunlich, wie gut Cleo weiß, was Valeries Körper braucht, auf welche Weise der Gipfel der Lust erreicht wird … Valerie krampft ihre Muskeln wieder um die Finger und genießt atemlos ein zweites Glück. Langsam läßt Cleo die Öffnungen los und streift den Rock nach unten. Dann fordert sie Valerie auf, ihn auszuziehen und sich in Schuhen und Strümpfen zu zeigen. »Du weißt, wie gern ich deine Beine bewundere.«

Valerie trägt keinen Strumpfgürtel, nur Strümpfe mit elastischen Rändern. »Und die Bluse?«

»Die darfst du anbehalten.« Cleo küßt sie. Dann fügt sie hinzu: »Ich habe jemand eingeladen. Bald müßte sie kommen.«

»Hierher?« fragt Valerie verblüfft.

Kichernd streichelt Cleo ihre Wange. »Keine Angst, Püppchen, sie wird unser Vergnügen steigern. Sie heißt Susan und tut alles, was man verlangt. Klingt das nicht verlockend?«

Immer noch verwirrt, folgt Valerie ihr ins Wohnzimmer. Dort erinnert Cleo sie an den Rock. Mit bebenden Fingern öffnet Valerie den Reißverschluß und steigt aus dem Rock. Die Bluse ist nicht lang genug, um ihr Dreieck zu bedecken, das als dunkles Dickicht zwischen den Schenkeln hervorragt. Anerkennend lächelt Cleo und bedeutet ihr, sich umzudrehen, damit sie die runden Hinterbacken über den Rändern der Strümpfe betrachten kann. »Wie zauberhaft du aussiehst! Sind die Schuhe neu?«

Valerie nickt. Ja, am Vortag in der Oak Street gekauft, eigens für das Rendezvous mit Cleo. Sie hat gewußt, daß diese Pumps ihrer Liebhaberin gefallen werden, und sie ist glücklich, wann immer sie ihr Freude bereitet.

In diesem Moment läutet es an der Tür, und Cleo geht in die Diele. Als sie zurückkommt, bringt sie die Besucherin mit, eine rotblonde, aufreizende Schönheit, die Valerie sofort bedrohlich erscheint.

Belustigt stellt Cleo die beiden einander vor. »Susan – und Valerie.«

Wie nicht anders zu erwarten, reißt Susan beim Anblick des spärlich bekleideten Mädchens die Augen auf. Sie trägt längliche silberne Ohrgehänge, Pumps und ein Kleid, das Cleo stört. »Zieh's aus«, sagt sie in einem Ton, der Valerie verrät, daß Susan an solche Befehle gewöhnt ist.

Wortlos knöpft Susan das Kleid auf und streift es mit einer einzigen geschmeidigen Bewegung über den Kopf. Darunter hat sie nur einen weißen Strumpfgürtel an, der ihre Strümpfe festhält. Ihre Muschi ist rasiert, der nackte Venusberg glänzt. Zwischen den äußeren Schamlippen erahnt man die inneren.

»Wie gefällt sie dir, Valerie?« fragt Cleo.

»Sie ist sehr schön.«

»O ja«, bestätigt Cleo lachend. »Und verdammt geil.« Sie winkt Susan zu sich, greift ihr zwischen die Beine, in die kahle Muschi, und als sie die Finger zurückzieht, schimmern sie feucht. Dann legt sie die Hand auf Susans Mund und veranlaßt sie, den Saft abzulecken. »Siehst du, wie scharf sie ist?«

Flankiert von den Mädchen liegt Cleo in der Mitte des Betts, ihre Arme um die Schultern der beiden geschlungen. Susan räkelt sich zu ihrer Rechten, Valerie zur Linken. Inzwischen hat Valerie die Bluse ausgezogen, trägt aber immer noch Schuhe und Strümpfe. Susan ist genauso bekleidet wie vorhin im Wohnzimmer, mit dem weißen Strumpfgürtel, beigen Strümpfen und zierlichen italienischen Pumps. Auch Cleo hat sich bis auf ein weißes T-Shirt entblößt.

Die Jalousien wurden herabgelassen, graue Schatten erfüllen den Raum, und die Gestalten auf dem Bett sind kaum zu erkennen. Aus der Stereoanlage im Wohnzimmer tönt Carey Wilsons Stimme und singt ein melancholisches Liebeslied.

Cleo drückt auf Susans Kopf. Gehorsam rutscht die Studentin nach unten, bis Cleo das rechte Bein über ihre Schulter legen kann. Dann neigt sich Susan hinab und beginnt, an Cleos Muschi zu lecken.

Cleo murmelt irgend etwas. Oder ist es nur ein lustvolles Wimmern? Sie umfängt Valeries Schultern fester und küßt sie auf den Mund. Genüßlich stöhnt Valerie an den Lippen der älteren Frau. Cleo läßt sie los, und Valerie beobachtet Susans flackernde Zunge.

Die Nase in Cleos blondem Schamhaar vergraben, hat Susan die Augen geschlossen, und ihr Gesicht bewegt sich von einer Seite zur anderen. Dieser Anblick erregt Valerie. Offenbar ist Susan ganz verrückt nach Cleos Möse. Liebt Cleo das Mädchen? Plötzlich verspürt Valerie heftige Eifersucht. Sie wünscht sich inständig, Cleo zu beglücken. Und nun muß sie mit ansehen, wie die Freundin von einer anderen befriedigt wird. Warum ist Susan so devot? Bisher hat sie kaum ein Wort gesagt.

Cleo veranlaßt Susan, ihre Aktivitäten zu beenden, stößt sie mit einem Fuß beiseite und befiehlt Valerie, auf allen vieren über ihr zu knien, so daß sie sich mit den hängenden Brüsten amüsieren kann. Nur zu gern gehorcht Valerie. Dann erschauert sie wohlig, als Cleo das andere Mädchen auffordert, Valeries Hintern zu erfreuen. Sobald Valerie die warme Zunge an ihrem Anus spürt, schreit sie vor Ekstase.

Das Nachmittagslicht ist erloschen. Nun brennt eine kleine Lampe im Schlafzimmer. Die drei Frauen liegen immer noch im Bett, die Köpfe der beiden Mädchen am unteren Ende. Zwischen den Hinterbacken Cleos, die sich auf die rechte Seite gedreht hat, steckt Susans Gesicht, und Valerie befaßt sich mit der Möse.

Leise stöhnend bewegt Cleo die Hüften zwischen den zwei Mündern. Valerie liebt den schwül duftenden Nektar, der aus Cleos Pflaume fließt. Hin und wieder berühren sich die Stirnen der zwei Frauen, und Valerie hört die schlürfenden Geräusche, die Susans Zunge erzeugt.

Das alles genießt sie, aber sie fürchtet, Cleo würde sie genauso versklaven wie die süße Susan. Ist das möglich?

8

Frankie

Um drei Uhr nachmittags versammeln sich die Mitglieder des Anwaltsvereins von Illinois in einem großen Auditorium in der Innenstadt. Frankie trifft schon frühzeitig ein und beschließt, sich in die erste Reihe zu setzen. Vielleicht wird es ihr so nahe dem Podium gelingen, die Augen offenzuhalten. Diese Zusammenkünfte sind ein berufliches Muß und sterbenslangweilig. Gibt es etwas Öderes als einen Juristen, der hochtrabende Reden schwingt?

Allmählich füllen sich die Reihen. Dunkelblaue und graue Anzüge, von Männern und Frauen gleichermaßen getragen, hin und wieder ein schickes Sportjackett, das einen schicken Strafverteidiger schmückt. Während das Stimmengewirr anschwillt, schlagt Frankie die *New York Times* auf und liest einen Artikel über den neuesten Wall-Street-Skandal. Sie hofft, die Zeitung würde sie vor ehemaligen Studienkollegen und -kolleginnen abschirmen, die sie nicht wiedersehen will.

Als die Sitzung beginnt, legt Frankie die Zeitung beiseite und hört den Rednern zu, die signifikante juristische Fälle darlegen. Sie notiert, wer was wozu sagt. Daran möchte sie sich später erinnern.

Der Höhepunkt des Nachmittags ist die Verleihung eines Preises, den Richter Elwood Beale erhält, Frankies alter Professor. Nicht einmal für dieses Ereignis interessiert sie sich – um so mehr für die hinreißende junge Blondine, die den Richter aufs Podium führt. Ihre Anmut und Schönheit beschleunigen Frankies Puls.

Wer ist das? Frankie spürt, wie ihre sexuelle Fantasie angeregt wird. In ihrem Bauch beginnt es zu vibrieren. Ist sie so frustriert, daß allein schon der Anblick eines attraktiven weiblichen Wesens genügt, um sie in diesen Zustand zu versetzen? Nein, diese Frau ist etwas Besonderes, groß und feingliedrig, ein perfektes Gesicht mit hohen Wangenknochen und vollen, rosa geschminkten Lippen. Sie geleitet Richter Beale zum Pult, dann nimmt sie in seiner Nähe Platz, als müßte sie auf ihn aufpassen. Wer ist sie? Frankie hört kaum zu, während der alte Mann mit heiserer Stimme seine Dankesrede hält. Unverwandt starrt sie die Blondine an, das klassisch geschnittene beige Kleid, die zierlichen Schuhe mit den dezenten Absätzen. Über dreißig, aber noch nicht fünfunddreißig. Eine blühende, vitale Frau. Endlich erwidert sie Frankies Blick – eine intensive, elektrisierende Begegnung zweier Augenpaare.

O ja, denkt Frankie. Am liebsten würde sie aufs Podium stürmen, um diese blonde Muschi zu küssen. Der Richter spricht nur kurz. Nach der Danksagung erzählt er eine amüsante Anekdote aus seiner Studienzeit, und die Juristen verabschieden ihn mit donnerndem Applaus, erfreut über die Ehrung, die einem der ihren zuteil wurde, und erleichtert, weil die triste Versammlung beendet ist. Frankie eilt aufs Podium, um ihren alten Professor zu begrüßen.

Zunächst erkennt er sie nicht, dann leuchten seine Augen auf. »Ah, Frances Hooper! Wie geht es Ihnen?«

Nachdem sie sich ein Weilchen unterhalten haben, winkt er die Blondine heran. »Alison, das ist Frances Hooper, eine meiner besten Studentinnen. Frances – meine Tochter.«

Nun hat Frankie ihr Ziel erreicht. Sie weiß, wie die traumhafte Schönheit heißt und wer sie ist. Wunderbar!

»Hooper?« wiederholt Alison. »Ich kenne eine Tennistrainerin namens Sally Hooper.«

»Eine entfernte Kusine.«

»Oh, wie nett!« Alison lächelt. Noch ein bißchen Gerede. Schließlich hilft Frankie der Blondine, den Richter vom Podium zu führen. Mehrere Leute umringen ihn, und er schüttelt Hände, nickt alten Freunden zu.

Frankie erkundigt sich, ob Alison auch Anwältin sei.

»O nein, ich war ein schlimmes Mädchen und ließ das Jurastudium sausen. Jetzt arbeite ich in der Werbung.

Sie leitet eine kleine, auf Mode spezialisierte Agentur, was Frankie tief beeindruckt. Mit jeder Minute wächst ihr Interesse, und sie kann es kaum erwarten, diese Frau näher kennenzulernen.

Nun ist es aber an der Zeit aufzubrechen, und die Vernunft erfordert einen höflichen Abschied.

»Also – dann auf Wiedersehen.«

Alison lächelt. »Danke, daß Sie mir geholfen haben, Dad die Stufen herabzuführen.«

Eine Stunde später sitzt Frankie in der Kanzlei und denkt unentwegt an Alison Beale. Hinter ihr spiegeln zahlreiche Buchrücken das rötliche Licht des

Sonnenuntergangs wider. Auf dem riesigen Schreibtisch liegen nur wenige Papiere, weil sie jede Art von Unordnung verabscheut. Die beiden großen Fenster gehen nach Westen hinaus, und sie betrachtet blicklos die breiten Straßen, die sich im Dunst des Horizonts verlieren. An den meisten Nachmittagen genießt sie es, die Sonne am orangeroten Himmel sinken und die ersten Lichter der City in der Dämmerung aufflammen zu sehen. Heute kennt sie nur einen einzigen Gedanken – Alison.

Schließlich blättert sie seufzend im Telefonbuch. Beale – Beale – Beale ... Es dauert eine Weile, bis sie die Adresse findet, die Privatnummer und die Nummer der Agentur. Sie ruft im Büro an und hält vor Glück den Atem an, als sie sofort mit Alison verbunden wird.

»Vielleicht könnten wir uns zum Lunch treffen.«

»Gern«, stimmt Alison zu.

Sie verabreden sich, dann legt Frankie auf und starrt den Apparat an, als würde sie zum erstenmal erkennen, was für ein Wunderwerk das ist.

In ein paar Tagen wird sie Alison wiedersehen. Sie zittert am ganzen Körper, und eine Hitze erfüllt ihren Bauch, eine unkontrollierbare Leidenschaft für jemand, den sie kaum kennt – eigentlich gar nicht. Ist es einfach nur Begierde? Sonst nichts?

Nachdem sie so erfolgreich mit Alison telefoniert hat, entschließt sie sich im Vollgefühl ihres Triumphs zu einem Abenteuer. Klar, warum nicht? Eine tolle Idee!

Kurz vor fünf betritt sie die Halle des North Michigan Avenue Hotels. Valerie ist bereits verständigt. An diesem Abend wird Frankie erst um acht oder neun Uhr nach Hause kommen. Sie hat telefonisch ein Zimmer gebucht, und so braucht sie nicht lange, um die Formalitäten an der Rezeption zu erledigen.

Lächelnd übergibt ihr der Empfangschef den Schlüssel. »Angenehmen Aufenthalt, Miß Hooper.«

In ihrem Zimmer ruft sie den Service an und bestellt eine Flasche gekühlten Chablis. Dann wählt sie eine Nummer außerhalb des Hotels, ihre Kreditkarte in der Hand, beginnt leise zu sprechen und blickt durch das Fenster nach Norden, auf den verkehrsreichen Boulevard. Wenig später beendet sie das Telefonat und sinkt seufzend aufs Bett. Nun ist es passiert – zu spät, um zu überlegen, ob sie's hätte tun sollen. Wachsende Vorfreude jagt ein köstliches Prikkeln durch ihren Körper. Wenigstens wird sie sich von der Sehnsucht nach Alison Beale ablenken.

Nachdem der Zimmerkellner den Wein gebracht hat, zieht sie die Vorhänge zu und gießt sich ein Glas kühlen Chablis ein. Jetzt fühlt sie sich großartig. In ihrem Innern beginnt es zu brodeln. Aber sie zügelt die Emotionen, weil sie einen klaren Kopf behalten will.

Die Minuten verstreichen. Während sie ihr zweites Glas leert, klopft es an der Tür, und Frankie läßt eine schlanke Blondine in einem roten Kleid herein. Am Hals hängt eine italienische Perlenkette, an der Schulter eine große Ledertasche. Schwarze Strümpfe, schwarze Pumps.

»Hallo, ich bin Carol«, stellt sich das Mädchen lächelnd vor und geht ins Zimmer.

Nachdem Frankie die Tür versperrt hat, folgt sie der Besucherin. »Möchten Sie ein Glas Wein?«

»Klar, warum nicht?«

Während Carol ihre Tasche auf einen Stuhl beim Fenster wirft, schenkt Frankie den Chablis ein.

»Freut mich, daß Sie so schnell kommen konnten«, sagt sie und reicht ihr das Glas.

»Sobald ich höre, ich wäre von einer Frau engagiert worden, verschwende ich keine Zeit.«

Kichernd nippt Frankie an ihrem Wein und mustert die Blondine von Kopf bis Fuß. »Sie sind sehr hübsch.«

»Danke.« Das Mädchen läßt sich in einen der beiden Polstersessel fallen und schlägt die langen Beine übereinander. »Wie darf ich Sie nennen?«

»Frankie.«

»Hallo, Frankie. Dieser Wein schmeckt fantastisch, und ich bin froh, daß Sie mir nichts Stärkeres angeboten haben. Meistens trinke ich zuviel.«

»Das tut Ihnen vermutlich nicht gut.«

»Bestimmt nicht. Sagen Sie mir, was Sie sich wünschen? Soll ich mein Kleid ausziehen?«

Frankie nickt. »Nur zu.«

Sichtlich zufrieden stellt Carol ihr Glas ab und steht auf. Sie wiegt sich in den Hüften und öffnet langsam winzige weiße Knöpfe. »Wahrscheinlich werden wir viel Spaß miteinander haben. Das ahne ich schon jetzt.«

»Wieso?«

»Ein instinktives Gefühl. Wenn ich Sie anschaue, weiß ich's. Manchmal halst mir die Agentur diese langweiligen alten Biester auf. Die wissen nicht, was sie wollen oder ob sie's überhaupt wollen. Rede ich zuviel? Sagen Sie's nur, dann halte ich sofort den Mund.«

»Nein, das ist schon in Ordnung.« Aber Frankie interessiert sich nicht für die Erfahrungen des Mädchens. Sie beobachtet, wie Carol aus dem Kleid schlüpft. Darunter trägt sie einen BH, einen Slip und einen Strumpfgürtel aus roter Spitze. Lange Strapse halten die schwarzen Strümpfe fest. Langsam dreht sie eine Pirouette, um ihren Körper zu zeigen. Als sie Frankie wieder anschaut, kichert sie und berührt lässig ihren Venusberg.

»Wenn ich mich für eine Frau ausziehe, werde ich immer ganz kribblig.« Sie setzt sich wieder und schlägt die Beine übereinander, ergreift ihr Weinglas und trinkt einen Schluck. Dann stellt sie beide Füße auf den Boden, die Schenkel gespreizt. Ihre Muschi ist immer noch von roter Spitze bedeckt. Aber Frankie kann die Rundung des Venusbergs deutlich erkennen.

Sie hat keine Lust, das Mädchen freundlich zu behandeln. Immerhin bezahlt sie für diese paar Stunden. Wenn sie sich ein romantisches Zwischenspiel wünscht, mit echten oder unechten Gefühlen, findet sie es mühelos in einer Szenebar. Nein, an diesem Abend will sie sich amüsieren, ohne großes Getue. Und das alles nur, weil sie Alison Beale begegnet ist. Wäre das nicht passiert, hätten die kleinen Dämonen in Frankies Kopf niemals ihre Stimmen erhoben.

»Zeig mir deine Titten«, befiehlt sie. Carol errötet und merkt, daß Frankie plötzlich ihren Typ hervorkehrt – die maskuline Lesbe. Hastig stellt sie das Weinglas auf den Tisch. Der winzige BH läßt sich an der Vorderseite öffnen. Sie legt ihn ab und strafft die Schultern. Damit will sie ihre Brüste zur Geltung bringen. Aber sie sind so klein, daß sich das Spektakel kaum lohnt. Frankie ärgert sich, weil sie vollbusige Mädchen bevorzugt. Natürlich ist sie selber schuld, weil sie's am Telefon nicht erwähnt hat.

Vielleicht erkennt Carol, worin das Problem liegt. Geschickt versucht sie, Aufmerksamkeit zu erregen; um ihr Manko wettzumachen, nimmt sie ihre rosigen Brustwarzen zwischen Daumen und Zeigefinger und zieht sie nach vorn. »Leider kann ich oben nicht viel bieten.« Sie schiebt eine Hand zwischen ihre Schenkel, zupft am Höschen und wirft Frankie einen koketten Blick zu. »Soll ich dir das da zeigen?«

Dieses Angebot nimmt Frankie an. Carol entblößt einen Teil ihrer Muschi, fast die ganze äußere Schamlippe an der linken Seite.

Frankie nickt. Ja, diese Möse will sie jetzt sehen. Sie nippt an ihrem Wein, während Carol die Hüften hebt und das Höschen über die bestrumpften Beine nach unten streift. Sekundenlang bleibt es an einem Bleistiftabsatz hängen, dann wirft sie es auf den Tisch, zu ihrem BH. Als sie die Beine spreizt, präsentiert sich ihre rasierte Muschi, eine reife Feige, vom rötlichbraunen Streifen der geschlossenen inneren Schamlippen gespalten. Ohne eine Aufforderung abzuwarten, greift Carol mit einer sinnlichen Geste nach unten und zieht die Fältchen auseinander. »Du machst mich ganz geil«, murmelt sie schwer atmend.

Ist das gespielt? Frankie hat keine Ahnung. Es ist ihr auch egal. Im Augenblick gilt ihre Aufmerksamkeit der entblößten Möse. Sie hat eine Blondine verlangt, und man hat ihr eine Blondine geschickt. Jetzt lautet die Frage, ob diese blonde Muschi der blonden Muschi Alison Beales gleicht. Albernes Theater, denkt Frankie. Jetzt will sie Alison erst einmal vergessen und sich auf den Augenblick konzentrieren.

Ungeduldig steht sie auf und bedeutet dem Mädchen, ihrem Beispiel zu folgen. Mit einer knappen

Geste äußert sie ihren nächsten Wunsch. Lächelnd dreht sich Carol um und zeigt ihren Hintern. Der rote Strumpfgürtel umrahmt pralle weiße Hinterbacken, und Frankie schiebt einen Finger dazwischen. Dann ertastet sie die unbehaarten Lippen der Vulva.

Carol quietscht entzückt, spreizt die Beine und bückt sich. »Also, ich mag dich wirklich.«

Nun gleitet Frankies Hand über Carols Bauch zu einer der kleinen Brüste. »Beug dich weiter vor.«

Sofort gehorcht Carol. Frankie hilft ihr, indem sie die Brust nach unten zieht. Jetzt hat sich die Blondine so tief gebückt, daß sie ihre Hände auf die Schenkel stützen muß, um ihr Gleichgewicht zu halten. Sie will etwas sagen. Doch dann bleibt ihr plötzlich die Luft weg, als Frankies Finger in ihre Vagina eindringen. Mit der linken Hand hält Frankie die Brust fest, kneift mit Daumen und Zeigefinger in die Knospe, und ihre rechte Hand bearbeitet die Blondine.

Carols lustvolles Stöhnen ist sicher nicht gespielt. Langsam schwenkt sie die Hüften von einer Seite zur anderen, während sich Frankies Finger in der feuchten Öffnung bewegen.

»O Baby, fick mich!« wimmert Carol.

Und genau das tut Frankie in der nächsten halben Stunde. Mit zwei Fingern, dann mit drei Fingern, dann wieder mit zwei, bis ihr Handgelenk ermüdet und ihre Fantasie erschöpft ist, bis sie nichts mehr von der albernen Blondine und ihrer geschwollenen kleinen Möse wissen will.

Ohne sich selber auszuziehen, schickt sie das Mädchen weg. Später geht sie ins Bad, masturbiert unter der Dusche mit einem Stück Seife und denkt wieder an Alison Beale.

9

Valerie

Sorgsam trifft Valerie ihre Vorbereitungen. Sie hat die Jalousien hochgezogen, damit helles Sonnenlicht ins Zimmer fällt, während sie sich vor dem Spiegel schminkt. Bis auf die schenkelhohen Strümpfe mit den elastischen Rändern ist sie nackt. Ob sie die Strümpfe tragen oder andere anziehen wird, hat sie noch nicht entschieden. Sie sind blaugrau, und was diese Farbe betrifft, ist sie sich nicht sicher. Vielleicht werden sie Cleo nicht gefallen, und schlichtes Beige wäre besser.

»Mach dich hübsch«, hat Cleo gesagt, und das tut Valerie, weiß aber nicht, ob sie Cleos Erwartungen entsprechen wird. Armes kleines Mädchen, bemitleidet sie sich selbst. Gewissenhaft zieht sie die Konturen ihres Munds mit einem rosaroten Stift nach, der genug Feuchtigkeit enthält, so daß die Unterlippe verführerisch glänzt.

Der Stift ist neu, eigens ausgewählt, weil Cleo meint, eine Frau müsse ihren Mund in der Farbe ihrer Schamlippen bemalen. Deshalb verbrachte Valerie eine halbe Stunde in der Saks-Kosmetikabteilung, um die passende Farbe auszusuchen. Nicht ganz einfach, weil sie kein Gespür für Farben hat. Sie hat sogar überlegt, mit mehreren Lippenstiften in einer Umkleidekabine zu verschwinden und Vergleiche anzustellen. Doch es wäre etwas schwierig gewesen, diese Idee zu verwirklichen.

Nachdem sie ihr Make-up vollendet hat, inspiziert sie ihren Körper im großen Spiegel an der Badezimmertür und dreht sich zur Seite, um die Brüste und den Bauch im Profil zu betrachten, desgleichen die Beine in den blaugrauen Strümpfen. Jetzt braucht sie hochhackige Schuhe. Sie läuft zum Schrank und nimmt ihre blaugrauen Wildledersandalen heraus. Ja, perfekt. Sie schlüpft hinein, schließt die Riemen und tritt wieder vor den Spiegel. Nun ist sie zehn Zentimeter größer; die Wadenmuskeln kommen besser zur Geltung.

Sie zieht ein blaues Bikinihöschen aus zarter Spitze an, einen Strumpfgürtel und einen passenden BH, der die Brustwarzen durchschimmern läßt. In Blau gefällt sie Cleo am besten. Also trägt Valerie Blau. Sie ist glücklich, weil sie eine Liebhaberin hat, die sich für die Farbe ihrer Unterwäsche interessiert.

Dann entscheidet sie sich für ein weißes Kleid mit Spaghettiträgern, Biesen am Oberteil und knielangem Faltenrock. Eine weiße Perlenkette und winzige Perlenohrringe vervollständigen das Ensemble. Nicht übel. Heute sieht sie echt gut aus. Ihr Gesicht wirkt ausgeruht, die Freude auf das Rendezvous mit Cleo rötet die Wangen. Plötzlich sorgt sie sich wegen ihrer Erregung. Beim Gedanken an Cleo wird sie womöglich feucht, könnte die Beherrschung verlieren und masturbieren. Das will sie nicht. Sie würde schwitzen und ihr Make-up ruinieren. Jetzt nicht. Sie darf keine Minute länger vor dem Spiegel stehen, sonst wird sie zu geil. Hastig ergreift sie eine kleine weiße Handtasche und eilt aus der Wohnung.

»Das Kleid gefällt mir.« Sekundenlang wendet Cleo ihren Blick von der Straße ab und lächelt Valerie zu.

Sie steuert ihren schwarzen Trans Am auf der Addison nach Westen, und Valerie weiß nicht genau, wohin sie fahren. Zum Haus einer Freundin. Vielleicht eine Nachmittagsparty.

Cleo streckt ihre rechte Hand aus, um das Knie ihrer Begleiterin zu streicheln, und hält das Lenkrad nur mir der linken fest. Dann zieht sie den Rocksaum nach oben, enthüllt die Strapse und lacht leise. »Oh, ein blauer Strumpfgürtel.«

»Du hast gesagt, du magst Blau.«

»Stimmt, Püppchen.« Cleo kitzelt Valeries linken Schenkel über dem Strumpf, und ihre Finger gleiten zum Bauch hinauf.

»Wenn uns jemand sieht«, mahnt Valerie unbehaglich.

Cleo mustert das blaue Spitzenhöschen und berührt den feuchten Venusberg. »He, du triefst ja«, kichert sie, streift den Slip nach unten und enthüllt dunkles Schamhaar.

Stöhnend schließt Valerie die Augen und gibt es auf, die Freundin vor anderen Autos oder Passanten zu warnen. Sollen sie doch beobachtet werden! Heutzutage sehen die Leute viel ärgere Dinge.

Cleos Finger wandern unter den Spitzenrand und streichen über die Klitoris, was nicht genügt, um einen Orgasmus zu bewirken. Aber es macht Valerie wahnsinnig, und Cleo weiß es. »Rutsch weiter nach vorn.«

»Bald werden wir Ärger kriegen.«

»Rutsch nach vorn, Schätzchen«, wiederholt Cleo, und Valerie gehorcht. Jetzt kann Cleo den Mittelfinger in die Vagina stecken. Sie rührt in der nassen Hitze herum. Nach einer Weile entfernt sie ihre Hand und kostet Valeries Sirup. »Wie süß ...«

»O Cleo, ich liebe dich!«

»Zieh das Höschen aus und gib's mir.« Zitternd hebt Valerie die Hüften und schlüpft aus dem Slip. Cleo packt das Gebilde aus spitzenbesetztem blauem Nylon und schnuppert daran. »Ah, Valeries kleiner Rosengarten. Einfach zauberhaft!«

Sie betreten ein kleines Holzhaus in einer ruhigen Straße nahe der Western Avenue. In der Diele hören sie Stimmen. Cleo scheint das Haus gut zu kennen. Zielstrebig führt sie Valerie ins Wohnzimmer, wo vier Frauen auf dem Sofa, dem Teppich und in Lehnstühlen sitzen. Beim Anblick der beiden Neuankömmlinge verstummen sie.

»Hallo, wie geht's euch?« ruft Cleo. »Das ist Valerie.«

Offensichtlich sind zwei der Frauen maskuline Lesben, und eine davon, ziemlich stämmig gebaut, sieht brutal aus. Die beiden femininen Blondinen, stark geschminkt, mit lockigen Haaren, scheinen um die Dreißig zu sein. Unter einer aufgeknöpften Bluse zeigt sich ein BH aus weißer Spitze.

Alle starren Valerie an, die ein schwaches ›Hallo‹ herausbringt und der Musterung verlegen standhält.

Schließlich ist die Inspektion beendet. Cleo und ihre Begleiterin werden begrüßt, dann bietet man ihnen Drinks an. Die stämmige Lesbe, offenbar die Besitzerin des Hauses, heißt Brady. »Jetzt sind wir alle versammelt, also kann ich die Tür versperren«, bemerkt sie und schaut Valerie durchdringend an.

Ihre Augen schweifen über die Brüste und zu den Sandalen hinab. Von diesem eindeutig sexuellen Blick genervt, setzt sich Valerie hastig neben Cleo aufs Sofa.

Jemand schaltet die Stereoanlage ein, und ein wilder Song von Ina Morgan erklingt. Während Valerie die Frauen beobachtet und ihnen zuhört, nippt sie an einem Glas Wein. Glücklicherweise ist sie hübscher als die beiden femininen Lesben. Sie haßt es, mit fremden Leuten Partys zu feiern. Wenigstens muß sie sich nicht um ihr Aussehen sorgen. Die beiden femininen Frauen könnten Schwestern sein. Aber eine ist größer und wahrscheinlich eine echte Blondine, während das Haar der anderen gebleicht aussieht.

Noch weiß Valerie nicht, welche Lesben zusammengehören. Manchmal glaubt man, zwei Frauen wären ein Paar. Und dann erfährt man, sie hätten sich gerade erst getroffen. Was für einen Unterschied macht das schon? Im Augenblick muß sie nur darauf achten, daß ihr Rocksaum unten bleibt, weil ihr Höschen in Cleos Tasche steckt.

»He, Doreen, warum tanzt du nicht?« fragt die zweite maskuline Lesbe, Ricky genannt.

Lächelnd erhebt sich Doreen, die kleinere Blondine. Sie wirft Valerie einen kühlen Blick zu, schnippt mit den Fingern und beginnt zu tanzen.

Valerie staunt, weil Doreen sehr professionell tanzt. Geschmeidig bewegt sie ihren gertenschlanken Körper. Obwohl sie einen engen Rock und hochhackige Schuhe trägt, paßt sie sich ungehemmt dem Rhythmus der Musik an.

Nach einer Weile ruft Cleo: »Zeig uns den Mogambo!«

»Ja, Baby, wir wollen den Mogambo sehen«, stimmt Ricky zu.

Valerie hat keine Ahnung, was der Mogambo ist. Aber Doreen grinst und beginnt, langsam ihre Bluse aufzuknöpfen. Anmutig schaukelt sie mit ihren Hüften hin und her.

Bald versteht Valerie den Zweck dieses Tanzes. Ihr Puls beschleunigt sich. Während sie die Blondine beobachtet, lehnt sie sich an Cleos Schulter. Im Zimmer breitet sich die Atmosphäre eines Treibhauses aus, und sie befürchtet, sie könnte ihr Kleid naß machen, weil sie kein Höschen trägt. Ach, zum Teufel, damit, denkt sie und nimmt einen Schluck Wein.

Doreen zieht die Bluse aus. Schockiert starrt Valerie den BH mit den runden Löchern an, durch die braune Brustwarzen hervorragen. Dieser Anblick scheint alle Frauen zu elektrisieren. Triumphierend zupft Doreen an den Knospen, bis sie sich aufrichten.

Nun sinkt Luanne, die andere Blondine, auf Bradys Schoß und kichert, als die maskuline Lesbe ihre Brüste massiert.

Erschauernd spürt Valerie, wie Cleos Hand zwischen ihre Knie gleitet. Sie möchte ihr Einhalt gebieten. Aber ihr Körper verlangt etwas anderes. Stöhnend spreizt sie die Beine.

Doreen läßt den Rock fallen, enthüllt einen Strumpfgürtel und Strümpfe und ein Höschen mit einem Loch über dem Venusberg, das dunkles Kraushaar zeigt. Nach einem spöttischen Blick in Valeries Richtung wirft sie den Rock beiseite und tanzt weiter.

»Erinnerst du dich, was du mir versprochen hast?« flüstert Cleo und küßt Valeries Mund.

»Wissen sie's?« fragt Valerie mit bebender Stimme.

»Klar. Darum geht's doch auf dieser Party.«

Gequält schließt Valerie die Augen. »O Cleo, ich weiß nicht recht …«

»Warum tanzt du nicht für uns? Du hast einen viel schöneren Körper als diese Kuh.«

»Hoffentlich kann ich's«, seufzt Valerie und steht auf.

Als Brady und Ricky merken, was sie beabsichtigt, applaudieren sie sofort. Ohne ihren Tanz zu unterbrechen, mustert Doreen die Rivalin von Kopf bis Fuß, bevor sie beiseite tritt, um ihr Platz zu machen.

Valerie beginnt zu tanzen. Leichtfüßig bewegt sie sich im Takt der Musik und spürt die Blicke aller Frauen, besonders Cleos Bewunderung. Dann vergißt sie die anderen und konzentriert sich nur noch auf Cleo und schaut sie unverwandt an, während sie das Oberteil ihres Kleids aufknöpft. Unter allgemeinem Beifall streift sie die Spaghettiträger von den Schultern, einen nach dem anderen. Als das Kleid über die Hüften hinabgleitet, klatschen die Zuschauerinnen wieder, und Brady flucht, als sie erkennt, daß Valerie kein Höschen trägt. Langsam steigt Valerie aus dem Kleid. Ein dunkles Dickicht schimmert zwischen ihren Schenkeln. In den blaugrauen Strümpfen wirken ihre Beine schlank und elegant. Ohne Cleo aus den Augen zu lassen, umfaßt sie ihren Venusberg und tanzt graziös.

Lachend flüstert Ricky etwas in Cleos Ohr, springt auf und beginnt, vor Valerie zu tanzen. Sie starren sich an, dann wandert Rickys Blick zum blauen Strumpfgürtel hinab, und Valerie errötet. Erschrokken schnappt sie nach Luft, weil Ricky sie plötzlich berührt, und wendet sich zu Cleo. Aber die Freundin nickt ihr beruhigend zu. Alles in Ordnung. Es ist ohnehin zu spät. Ricky hat Valeries Hand bereits vom Schamhaar weggeschoben, ihr Mittelfinger steckt in der Vagina. Auf diese Weise verbunden, schwenken sie rhythmisch die Hüften.

Lange dauert es nicht, bis sich die anderen Frauen erheben und das Paar umtanzen. Erst jetzt bemerkt Valerie, daß Luanne nackt ist, bis auf ein goldenes Armband am linken Handgelenk. Die Frau scheint sich in einer Traumwelt zu befinden.

Entschlossen tritt Brady vor und nimmt Rickys Platz ein. Valerie schließt die Augen, als sich ein dikker Finger in ihre Möse bohrt, und bewegt die Hüften. Genau das will Cleo, denkt sie. Sie tut es nur für Cleo. Das – und alles, was später geschehen wird. Aber sie fürchtet sich davor.

Bradys Finger in ihrer Vagina stört sie nicht. Die große Frau ist stark wie ein Ochse, und sie weiß ihren Finger zu benutzen. Nach einigen Minuten zieht sie ihn heraus, grinst Valerie an und leckt ihn ab.

»He, Luanne, komm her!« ruft sie.

Luanne tänzelt über den Teppich zu ihrer Liebhaberin, Brady zieht die Hinterbacken der Blondine auseinander und bohrt den nassen Finger dazwischen. Stöhnend senkt Luanne die Lider, und Valerie schaut zu. Ihr Herz schlägt wie rasend.

Eine Viertelstunde später liegt sie auf dem Bett, an einer Seite Brady und Luanne, an der anderen Ricky und Doreen. Zu ihren Füßen steht Cleo, einen Tiegel Grisco in der Hand. »Zieh die Knie an!« befiehlt sie, und Valerie gehorcht. Alle Frauen können ihre Muschi sehen. Besonders Cleo, die langsam das Grisco auf ihrer rechten Hand verteilt. Dabei erklärt sie, die Creme sei ideal, weil sie sich so leicht herauswaschen lasse. Eine kurze Dusche würde genügen.

Immer noch von Angst erfüllt, hört Valerie zu. Auch die Anwesenheit der vier anderen Frauen zerrt an ihren Nerven. Bradys Wurstfinger spielen mit einer ihrer Brustwarzen. Wieder einmal fragt sich Valerie, wer zu wem gehört. Warum gestattet Cleo ihren Freundinnen, mich anzufassen, überlegt sie. Dieses ständige Gefummel beim Tanz! Wann immer sie beobachtet, wie Cleo eine andere Frau berührt, wird sie eifersüchtig.

Jetzt gleitet Cleos eingecremte Hand über Valeries Muschi. »Entspann dich, Püppchen.«

Die Knie angezogen, wartet Valerie und zittert. Was würde Frankie sagen, wenn sie ihre Lebensgefährtin in dieser Situation sehen könnte? Sicher würde sie schreien. Dieser Gedanke amüsiert Valerie, und sie kichert.

Offenbar glaubt Cleo, Valerie würde lachen, weil sie gekitzelt wird. Blitzschnell steckt die blonde Frau einen Finger in Valeries Vagina, dann drei weitere. Schließlich fügt sie den Daumen hinzu, und die Penetration der ganzen Faust ist vollendet. Als sie einen Widerstand spürt, mahnt sie: »Nicht so verkrampft, Püppchen!«

Sobald Valerie die ganze Hand in ihrem Körper fühlt, verliert sie beinahe den Verstand vor Erregung. Cleo öffnet und schließt ihre Faust, immer wieder, und das macht Valerie verrückt. Atemlos blickt sie auf und sieht Cleo lächeln. »Alles klar, Püppchen? Ich hab' doch gesagt, es ist ganz leicht.«

Keuchend bemerkt Valerie die Faszination ihres Publikums. Alle Frauen beobachten Cleos Handgelenk und schauen zu, wie sie Valerie mit ihrer Faust bumst.

Das ist wirklich ein richtiger Fick, denkt Valerie. O Gott, ja …

10

Frankie

»Hoffentlich schmeckt Ihnen der Salat«, sagt Alison. Sie sitzen in ihrem kleinen Speisezimmer. An diesem Morgen hat sie Frankie im Büro angerufen und gefragt, ob sie nicht lieber bei ihr in der Wohnung essen würde als in einem Restaurant. Natürlich war Frankie sofort damit einverstanden und hat sich auf die intime Szenerie gefreut.

Jetzt ist sie noch glücklicher, weil Alison offenbar eine Freundschaft anstrebt.

Ein Lunch, von Alison zubereitet, ein köstlicher Salat, Fisch, Weißwein, ein elegant gedeckter Tisch an einem großen Fenster mit Blick auf den Lake Michigan ... Alison trägt ein beiges Kleid, das ihr ausgezeichnet steht, schlicht und schick zugleich. Frankie hat sich für ein maßgeschneidertes Kostüm mit schmaler roter Krawatte entschieden. Hell spiegelt sich das Sonnenlicht im See, strömt aber nicht ins Zimmer, weil das Fenster nach Osten hinausgeht.

Frankie kommt es vor, als würde sie sich verlieben. Hingerissen betrachtet sie Alisons Gesicht, die Kurven des Busens unter der beigen Seide, die Hände, die dezent geschminkten Lippen. Diese Frau ist einfach vollkommen und unglaublich aufregend. Welch ein Wunder, einem so traumhaften Geschöpf bei einer Anwaltsversammlung zu begegnen!

»Der Salat schmeckt himmlisch. Und ich finde die Aussicht atemberaubend«, sagt Frankie.

»Ja, der See ist großartig.«

»Eigentlich meine ich eine andere Aussicht. Mir gegenüber, an diesem Tisch.«

Alison errötet, aber nur ganz leicht. Es fällt ihr nicht schwer, Frankies Blick zu erwidern, als sie fragt: »Hat Sie mein Vorschlag überrascht, hier zu essen?«

»Ja.«

»Ich wollte so gern für Sie kochen. Das tue ich nur selten, und heute hat's mir Spaß gemacht.«

»Wie nett ...«

»Nun will ich Ihnen eine persönliche Frage stellen. Leben Sie allein?«

»Nein. Sie heißt Valerie, und wir sind seit fast zwei Jahren zusammen.«

Das scheint Alison nicht zu verwirren. Unbefangen hält sie Frankies Blick stand.

»Gut, ich werde nichts mehr fragen.«

»Seien Sie nicht albern. Es stört mich wirklich nicht.«

Aber Alison steht auf und geht in die Küche. Als sie zurückkommt, erklärt sie: »Bevor ich hierherzog, wohnte ich drei Monate lang mit einer Frau zusammen.«

»Sehen Sie sie noch?«

Alison schüttelt den Kopf. »Jetzt lebt sie in Paris. Sie ist Französin. Früher hat sie am hiesigen Konsulat gearbeitet. Auf die Dauer wäre ohnehin nichts daraus geworden. Das erwähne ich nur, weil Sie wissen sollen, daß es vorher und nachher niemand gab. Ich bin ziemlich unerfahren.«

Später treten sie ans Fenster. Alison betrachtet den See, und Frankie küßt ihr Ohr. Ein ganz zarter Kuß. Dann legt sie den linken Arm um Alisons Taille, und ihre Lippen berühren den Hals.

Alison erschauert. Aber sie weicht der Liebkosung nicht aus. Feuchte Lippen gleiten zu der zarten Stelle hinab, wo ihr Hals in die Schulter übergeht.

Nun rückt Alison seitwärts, als wollte sie sich den Zärtlichkeiten entziehen. Aber sie wendet den Kopf zu Frankie, die sie auf den Mund küßt.

Der Kuß scheint Alison zu versteinern. Reglos steht sie da, während sich eine aggressive Zunge zwischen ihre Zähne schiebt, und allmählich kapituliert sie. Eine behutsame Hand streichelt ihre Brüste, und sie stöhnt an Frankies Lippen, den Körper nach hinten geneigt, vom Arm ihrer neuen Freundin gestützt.

Frankie streift einen Träger von Alisons Schulter, dann den anderen, und das Oberteil des Kleides rutscht hinab. Ungeduldig zieht Frankie die Seide nach unten, bis sich ein weißer BH mit Halbschalen zeigt. Darin liegen die Brüste wie reife Früchte. Frankie befreit die linke Brust und beginnt, an der Knospe zu saugen.

Aus Alisons Kehle dringt ein lustvoller Laut. Langsam senkt sie die Lider. Während Frankies Zunge die Brustwarze umkreist, hebt ihre rechte Hand den beigen Rocksaum hoch und wandert zwischen Alisons Schenkel. Die Blondine stöhnt wieder, spreizt die Beine, und Frankie berührt den Venusberg – verdammt, unter einer Strumpfhose.

Da ihr daran liegt, die erste Krise zu meistern, läßt Frankie sich nicht beirren. Natürlich ist die Strumpfhose ein Ärgernis. Aber sie tut ihr Bestes und streicht über die weiche Vulva, bis sie die harte kleine Klitoris ertastet. In diesem Augenblick ist jedes Zartgefühl unangebracht. Sie benutzt ihre ganze Hand, um die Muschi zu reiben, ohne eine bestimmte Stelle zu bevorzugen. Bald stockt Alisons Atem, als sie einen Orgasmus erreicht.

Entzückt spürt Frankie die feuchte Hitze, die totale Unterwerfung. Die Hand auf Alisons Venusberg gepreßt, wartet sie, bis die Zuckungen verebben. Dann flüstert sie: »Gehen wir ins Schlafzimmer.«

»Bitte, Frankie ...« Keuchend öffnet Alison die Augen.

Frankie erklärt, sie würde ihr gern die Muschi lekken. Aber Alison hat vorerst genug.

»Das ist absurd«, meint Frankie, doch sie kann Alison nicht umstimmen, die eine Geschäftspartnerin erwartet.

Außerdem ist sie zu erschöpft. »Bald sehen wir uns wieder. Das verspreche ich dir.«

Nach einer Weile verläßt Frankie die Wohnung. Im Lift riecht sie an ihren Fingern, und Alisons Duft bewirkt beinahe einen Orgasmus.

Mitternacht. Frankie liegt im Bett und starrt ins Dunkel. Unter dem Laken hat sie die Knie angezogen. Sie ist verschwitzt, ihr Schamhaar feucht. An ihrer Seite schläft Valerie, die ihr den Rücken kehrt.

Als Frankie an die Ereignisse in Alisons Wohnzimmer denkt, schlägt ihr Herz schneller. Sie weiß noch, wie sich Alisons Brüste in ihrer Hand angefühlt haben, die Knospe im Mund. Um Druck auf ihre Muschi auszuüben, streckt sie die Beine aus und spannt die

Schenkelmuskeln an. Nein, das nützt nichts. Also hebt sie wieder die Knie und reibt den Po am Leintuch.

Die schönste Erinnerung ist die Erfahrung, wie schnell Alisons Möse auf Frankies Finger reagiert hat. In ihrer Fantasie sieht sie die gesenkten, langen blonden Wimpern, die geöffneten Lippen. Alison – hilflos ausgeliefert ...

Frankie empfindet, von ihren Gedanken erregt, eine qualvolle Unruhe. Als sie eine Hand zwischen ihre Beine schiebt, beschwört sie weitere erotische Bilder herauf. So verletzlich Alison im Moment ihres Höhepunkts auch wirkte, sie bleibt ein Rätsel, ein unerforschtes Geheimnis.

Langsam stimuliert Frankie ihre Klitoris und unterdrückt ein Stöhnen, während Valerie ahnungslos neben ihr schläft. Das heiße Verlangen in Frankies Bauch fordert seinen Tribut. Bald kündigt sich der Orgasmus an, und sie verstärkt den Druck ihrer Finger.

Du bist verloren, sagt sie sich und erkennt, daß sie nichts über Alison weiß. Nichts Konkretes. Alles in ihrem Innern ist von Alison erfüllt. Sie kann nur noch an Alisons feuchte Muschi denken. Endlich erreicht sie die Erfüllung. Sie ist von wilder Leidenschaft erfüllt, so daß sie die Erschütterungen ihres Körpers kaum bändigen kann.

Valerie schläft seelenruhig weiter.

Um neun Uhr abends, nach einem langen Tag im Gericht, nimmt Frankie ein Bad. Ihr Körper liegt ausgestreckt im warmen Wasser. Vorhin schien sich Valerie um Frankies Erschöpfung zu sorgen und hat gemeint: »Vielleicht bist du krank.«

Aber Frankie hat erwidert, sie sei nur müde. In diesem Augenblick ist das Badezimmer ein Zufluchtsort. Arme Valerie, denkt sie. Wie schrecklich muß es sein, mit mir zusammenzuleben ... Versteht sie mich denn gar nicht? Was mich bewegt? Warum ich gewisse Dinge tue? Sie streichelt ihren Körper unter dem Wasser, das feste Fleisch ihrer Schenkel. Dann mustert sie ihre schmalen Finger und wünscht, sie wären stärker. Immer hat sie sich körperliche Kräfte gewünscht.

Feuchte Luft erfüllt das Bad. Durch den Dunst schimmert die Deckenlampe. Frankie wischt Schweißtropfen von ihrer Nase. Plötzlich denkt sie wieder an Alisons Po im Seidenkleid. Wie aufregend die Hinterbacken wippten, als sie zwischen der Küche und dem Speisezimmer hin und her ging ... Frankie ärgert sich, weil an jenem Tag so wenig passiert ist, längst nicht alles, was sie erträumt hat. In ihrer Fantasie hat sie sich das erste Rendezvous mit Alison viel interessanter vorgestellt. Sie hat sich ausgemalt, wie sie Alison überall küssen würde – die Schamlippen, die Klitoris, den Hintern. Mit ihrer Zungenspitze wolle sie den Anus kitzeln. Und Alison würde vor Lust schreien.

Nun inspiziert Frankie ihre Arme und überlegt, ob sie etwas mehr Öl ins Wasser schütten soll. Sie wischt ihr Kinn mit einem feuchten Lappen ab. Was sie an Alison so fasziniert, ist die Jagd, die sorgsam geplante Verführung einer Frau, die ebenso intelligent ist wie sie selbst. O Gott, wie saftig diese zauberhafte Muschi war! Bei dieser Erinnerung beginnt Frankie heftig zu zittern.

Es klopft an der Tür, und Valeries Stimme erklingt. »Darf ich hereinkommen?«

»Ja.«

Valerie betritt das Bad. »Bist du schon völlig aufgeweicht?«

»Nein, ich fühle mich wohl.«

Die Nase erhoben, schnuppert Valerie und riecht das parfümierte Badeöl. Sie trägt einen blauen Morgenmantel, und Frankie findet, diese Farbe würde einer Blondine besser stehen. Aber sie liebt Valerie. Eine kostbare Liebe. Wann immer sie Valerie in ihrer offenherzigen Art lächeln sieht, ist sie glücklich. Sie beobachtet, wie Valerie ihr Spiegelbild über dem Waschbecken betrachtet. Unter dem dünnen Morgenmantel zeichnen sich die Konturen ihrer Hinterbacken ab, und Frankie verspürt ein Prickeln in ihrer Muschi, als sie sich erinnert, wie leidenschaftlich ihre Gefährtin beim letzten Liebesakt war. Zwischen Frankies Lippen fühlte sich die Klitoris wie eine steife kleine Schote an.

Ohne sich vom Spiegel abzuwenden, fragt Valerie: »Soll ich dir den Rücken waschen?«

»Klar, warum nicht?« Plötzlich fühlt Frankie ein heftiges Verlangen.

Valerie dreht sich lächelnd zu ihr um. Deutlich zeigt sie ihr Glück, und ihr hübsches Gesicht führt Frankie vor Augen, wie perfekt Valerie manchmal zu ihr paßt. So fraulich. Diese selbstverständliche Weiblichkeit hat Frankie am Anfang unwiderstehlich gereizt, Valeries Freude an femininen Dingen, an reizvollen Strumpfgürteln, Make-up und Schmuck. Als sie sich kennenlernten, dachte Frankie: Eine schöne junge Frau mit süßem Herzen und Brüsten wie reife Mangos.

Ihre Blicke begegnen sich, und Valerie errötet. Verführerisch schiebt sie die Unterlippe vor. »Am besten ziehe ich meinen Morgenmantel aus. Sonst werde ich naß.« Frankie nickt. Jetzt begehrt sie Valerie heißer denn je. Es juckt sie in den Fingern, während sie beobachtet, wie Valerie ihr Haar in den Nacken wirft und aus dem blauen Morgenmantel schlüpft.

Darunter ist sie nackt. Sekundenlang verharrt sie reglos, als stünde sie am Rand eines Abgrunds, der sie von ihrer Liebsten trennt. Dann geht sie endlich zur Wanne, wo Frankie im schaumigen Wasser liegt.

Unverwandt starrt Frankie die wippenden Brüste an, und es drängt sie, eine zarte Spitze in den Mund zu nehmen und hineinzubeißen, bis Valerie stöhnt.

Sie richtet sich im Wasser auf. Während Valerie neben der Wanne kauert und mit der Seife über Frankies Schultern streicht, streckt Frankie ihren rechten Arm aus und streichelt den Hintern ihrer Liebhaberin.

»Soll ich die Seife fallen lassen?« kichert Valerie.

»Liebling, das war deine Idee.« Frankie will mit ihr ins Bett gehen. Aber das kann warten. Ihre Finger ertasten Valeries Muschi. Aus Erfahrung weiß sie, wie sie die Vagina öffnen muß, um einzudringen.

Keuchend schließt Valerie die Augen. Jetzt bemüht sie sich nicht mehr um Frankies Rücken.

»Steh auf!« sagt Frankie. »Dann klappt's besser.«

Valerie erhebt sich. Das Gesicht gerötet, die Beine gespreizt, steht sie zitternd da. Frankies Finger gleiten wieder in ihre Vagina. Diesmal drückt der Daumen auf die Klitoris und massiert die kleine Perle.

»O Frankie!« wimmert Valerie. Wenige Sekunden später nähert sie sich dem Orgasmus, und sie bewegt begierig ihre Hüften.

Frankie beobachtet Valeries lustvoll verzerrtes Gesicht. »Süßes Kätzchen«, flüstert sie, und ihre Finger kreisen in der erhitzten, zuckenden Öffnung.

11

Frankie

Bevor Frankie mit Alison telefoniert, wartet sie drei Tage. Die Stimme der Blondine klingt kühl und neutral. »Ich weiß noch nicht, ob ich heute nachmittag Zeit habe.«

»Und morgen?«

»Keine Ahnung.«

»Schon gut, ich hab's verstanden. Vergiß es.«

»Nein, heute nachmittag wär's möglich.«

»Bist du dir sicher?«

»Ja«, erwidert Alison und verabredet sich mit Frankie um drei Uhr in ihrer Wohnung.

Nachdem Frankie aufgelegt hat, bleibt sie in ihrem Büro, zitternd vor Ungeduld sitzen. Sehnsüchtig erinnert sie sich an ihre Hände auf Alisons Körper. Vielleicht ist es nur ein Traum und nicht Wirklichkeit. Oder wird sie tatsächlich von dieser schönen Blondine begehrt? Sie greift unter ihren grauen Flanellrock, umfaßt ihren Venusberg durch die Strumpfhose hindurch und spürt heißen Saft.

Zweifellos ist Alison ein Wunder, eine Vision, die plötzlich in ihr Leben trat, eine betörende Fantasie. Und so reif. Noch nie hat Frankie eine Frau gekannt, die so reif für die Liebe gewesen wäre. Auf ihrem Schreibtisch liegen Papiere. Aber nach dem Telefongespräch kann sie sich nicht auf die Arbeit konzentrieren. Sie will Alison umarmen, ihr Kleid an der

Haut fühlen, den runden Hintern unter den Händen. Oh, dieser helle Teint ... Zitternd denkt sie an die weichen Brüste, die feuchte Muschi, die schlanken Hüften, die sanften Kurven, die rosigen Ohrmuscheln. O Gott, du bist verliebt, sagt sie sich, steht von ihrem Drehstuhl auf und geht zur Wand zwischen den Fenstern, wo ein Spiegel hängt. Ihr Gesicht hat sich gerötet. Alisons wegen? Oder weil es zu warm im Büro ist? Sie wünscht, sie würde einen Anzug tragen statt dieses maßgeschneiderten, halb maskulinen, halb femininen grauen Kostüms. Wie amüsant wäre es, Alison im Transvestitenlook zu besuchen ...

Frankie küßt Alison vor dem Fenster, das eine Aussicht auf den See bietet. Zunächst erwidert Alison den Kuß. Dann befreit sie sich lächelnd. »Dieses Panorama müßtest du nachts genießen.«

»Gut. Heute abend bleibe ich bei dir.«

»Nein, ich gehe aus.« Alison lacht leise. »Außerdem wird der Vollmond erst am Monatsende scheinen.«

Frankie stellt sich die kleine Alison vor, ein spitzbübisches, fröhliches Kind. Aber die Gegenwart ist interessanter. Sie küßt die Blondine wieder. Entschlossen schiebt sie ihre Zunge zwischen die Zähne.

Ist Alison feucht? Frankie möchte die Muschi mit ihren Fingern erforschen, doch sie hält sich zurück. Diesmal keine wilde Lust. Sie wünscht sich – mehr als letztes Mal – eine richtige Eroberung. Während sie die Brüste streichelt, durch die Bluse hindurch, entsinnt sie sich, wie begierig sie an einer Knospe gesaugt hat. Die großen Fenster erfüllen das Wohnzimmer mit hellem Licht. Und darin stehen zwei Frauen, jeweils in ihrer eigenen besonderen Welt. Sie will ganz und gar in Alison aufgehen, sich an ihren Reizen weiden und spüren, wie die Nerven der schönen Blondine vor Glück vibrieren.

Als sie wieder Küsse tauschen, bewegt sich Alison, und Frankie hört Nylon rascheln. Sie berührt Alisons Bauch, will sie endlich besitzen. Mit perlendem Gelächter protestiert Alison. Aber Frankies Hand gleitet bereits unter den Leinenrock und streichelt den fleischigen blonden Venusberg durch die Strumpfhose hindurch.

»Bald werden wir einen Stau auf dem Outer Drive provozieren.« Lächelnd versucht sich Alison loszureißen.

Ja, vielleicht blickt ein Autofahrer herauf und sieht die beiden Frauen am Fenster, die Hand der einen unter dem Rock der anderen. Frankie hält Alison eisern fest, den linken Arm um die biegsame Taille geschlungen, die rechte Hand zwischen den Schenkeln. Die Wimpern gesenkt, wiegt sich Alison in den Hüften. Sanfte Röte färbt ihr Gesicht, als der Vulkan beinahe ausbricht. Rastlos bewegt sich Frankies Hand. Der Mittelfinger sucht den süßen kleinen Anus unter dem Nylon. Spürt sie's? Wie hinreißend muß sie ohne Kleider aussehen …

Frankie stellt sich Alison nackt vor, die rosa Brustwarzen erhärtet, das tugendhafte schöne Gesicht von Leidenschaft verzerrt. Voller Verlangen küßt sie wieder Alisons Mund und reibt mit der Handkante über die Schamlippen. Mit allen Fingern vergewaltigt sie Alison und ergreift von ihr Besitz. Wie schade, daß ihr eine Hand fehlt, die diese wundervollen Brüste liebkosen könnte! Wie gern würde sie gleichzeitig in eine Knospe zwicken ...

Statt dessen neigt sie den Kopf und küßt Alisons Hals. Sie malt sich aus, an ihrer Handfläche die Klitoris zu spüren, und bewegt ihre Finger noch schneller. Ja, sie fühlt den Sirup, der durch die Strumpfhose dringt. Jetzt gleitet ihre linke Hand unter den Rock und streichelt die Hinterbacken.

»Bitte ...« Alison stöhnt. Ihre Schenkel zittern.

»Gehen wir ins Schlafzimmer.«

»Ja ...«

Das rosa Schlafzimmer überrascht Frankie, denn sie hat etwas anderes erwartet. Aber hier ist alles rosa – die Tapete, die seidene Tagesdecke, die Lampenschirme. Frankie betrachtet das rosa Bett und sieht in ihrer Fantasie, wie Alison sich darauf windet, wie die Beine in Ekstase zucken und die vollen Brüste wippen.

Liegt Alison immer allein in diesem Bett?

Zärtlich küßt Frankie ihre neue Geliebte und zieht sie aus. Alison bleibt passiv, nachgiebig. Fast belustigt beobachtet sie, wie Frankies Hände die Kleider von ihrem Körper streifen. »Du bist sehr energisch.«

»Gefällt dir das nicht?«

»Darauf gebe ich keine Antwort«, erwidert Alison lachend.

»Was für ein Kind warst du? Rebellisch?«

»Ja, sehr.«

»Das dachte ich mir.« Mit bebenden Fingern öffnet Frankie den BH.

Die vollen, schweren Brüste der Blondine hängen

ein wenig herab, mit harten rosa Knospen. Frankie muß sich mühsam beherrschen, um nicht mehr zu tun, als eine der Brustwarzen mit den Fingerspitzen zu berühren. »Wie schön du bist …«

»Meinst du meine Brüste?« fragt Alison lachend.

»Alles an dir.«

»Als junges Mädchen dachte ich, mein Busen wäre zu klein. Jetzt bedaure ich, daß er so groß ist.«

»Nein, er ist perfekt.«

»Ein Hängebusen.«

»Einfach vollkommen«, betont Frankie und lächelt.

»Wenn du mich so ansiehst, fühle ich mich gräßlich.«

»Dann schaue ich dich nicht an, ich ziehe dich nur aus.« Frankies Erregung wächst. Alison allmählich zu entkleiden, das ist eine reine Freude. Mit einer Hand stützt sich Alison auf Frankies Schulter, als die Strumpfhose von ihren Schenkeln und Füßen gestreift wird. Die Nähe des weichen Bauchs reizt Frankie. In wildem Verlangen riecht sie Alisons Hitze, die süße Muschi, von blonden Löckchen verborgen.

Sie richtet sich auf und flüstert in Alisons Ohr: »Ich werde an dir saugen, bis du ganz ausgetrocknet bist.«

»Erzähl mir noch mehr!« haucht Alison schaudernd.

»Auf dem Bett, Mädchen.«

Stöhnend wirf sich Alison auf die rosa Seide, dreht den nackten Körper hin und her. Schließlich liegt sie auf dem Rücken, die Beine gespreizt. »Es gefällt mir, was du mit mir machst.«

Ohne die blonde Muschi aus den Augen zu lassen,

zieht sich Frankie hastig aus. Nur mit der Unterwäsche bekleidet, sinkt sie aufs Bett. Ihre Zunge wandert über Alisons Bauch. Schwer atmend zieht Alison die Knie an und öffnet die Schenkel noch weiter – eine deutliche Einladung. Frankies Zunge zieht eine warme Speichelspur über den Bauch, bevor ihre Mund ins blonde Kraushaar gleitet. Sie schaut in Alisons Gesicht und begegnet dem erwartungsvollen Blick blauer Augen.

Nun richtet sie ihre Aufmerksamkeit wieder auf die rosige Blume unter ihrem Kinn, streckt die Zunge heraus, für die erste Berührung.

Keuchend umfaßt Alison ihre Schenkel. »Quäl mich nicht.«

Das sagen sie alle, denkt Frankie. Quäl mich nicht. Aber sie lieben es. Frankie bläst ihren warmen Atem in Alisons offene Möse. Herausfordernd streichelt sie das Fleisch mit ihrem Mund. Dann flackert ihre Zunge über die äußeren Schamlippen, zur kleinen rosa Klitoris. Ihre eigene Muschi prickelt. Sie hält die Hände unter Alisons Po und hebt sie den Unterkörper hoch, um den Genuß zu erhöhen. Alison ringt nach Luft. Mit erhobenem Kopf beobachtet sie, wie Frankies Mund von ihr Besitz ergreift. Ihren Höhepunkt kostet Frankie wie ein süßes Dessert aus, eine Torte, mit Cognac getränkt. Oh, wie sie eine triefende Muschi liebt!

Frankie liegt auf dem Rücken, immer noch in ihrer Jockey-Unterhose. Längst hat ihre nasse Möse den Baumwollstoff getränkt. Sie hält die Beine geschlossen und hört Alison zu, die von ihrem Studium am Northwestern erzählt. Die Tochter eines reichen

Mannes, an einem College für reiche Mädchen. Zur Seite gedreht, betrachtet Frankie die Schatten auf Alisons Brüsten. Jetzt versteht sie die Blondine besser. Alison will einen gewissen Anstand wahren. Sicher hat sie als kleines Mädchen Rüschenkleider geliebt. Sie schätzt den Glanz der Oberschicht. Verblüfft erfährt Frankie, wie reich der alte Richter ist. Das hat sie nicht gewußt. Offenbar besitzt er einige Millionen und zahlreiche Grundstücke, überall.

Sie begehrt Alison wieder, will sich auf den prachtvollen Körper stürzen und ihn vergewaltigen. Statt dessen verlangt sie: »Setz dich auf mein Gesicht.«

Dieser Vorschlag scheint Alison zu gefallen. Die Hände auf das Kopfteil des Betts gestützt, kauert sie über Frankies Kopf. Aus ihrer Möse fließt Saft. »Mach ich's richtig?«

Frankie zieht sie noch tiefer herab, um ihre Nase in das Liebestal zu stecken. Langsam gleiten ihre Hände über Alisons Hinterbacken. Die Möse der Blondine ist wie eine rosa Muschel geöffnet. Vielleicht kann Frankie ihr Ohr daran legen und das Meer rauschen hören. Begreift Alison, daß Frankie sie vergöttert? Mit vorgestreckter Zunge kostet Frankie den Nektar, der aus der Quelle rinnt. Ein unerschöpflicher Brunnen. Und sie zögert nicht, überall zu saugen. Manchmal mißfällt ihr die Unterwürfigkeit, die mit dieser Position verbunden ist. Aber nicht bei Alison. Die Blondine besitzt Qualitäten, die den Eindruck erwecken, ihre Möse über Frankies Gesicht sei genau am richtigen Platz.

Jetzt hätte Frankie gern, Alison würde Strümpfe tragen, glattes Nylon, das ihre Haut streichelt, während sie die Muschi leckt. Lieber Gott, was für eine süße Pflaume, mit schmollenden Schamlippen. Jedesmal, wenn Frankies Zunge eine sensitive Stelle berührt, bebt das Fleisch.

Frankies Zunge erforscht den ganzen Schlitz, und Alisons Möse vibriert in glühender Leidenschaft. Provozierend knabbert Frankie mit den Zähnen an den zarten Fältchen und zupft am Schamhaar. Dann schiebt sie eine Hand in den Spalt zwischen den Hinterbacken und reizt den Anus mit einer feuchten Fingerspitze. Alisons Stöhnen ermutigt Frankie, den Finger in die enge Öffnung zu schieben, bis zum ersten Knöchel. Vorerst tief genug. Sie sehnt sich nach der Möse, schaut zu Alisons Gesicht hinauf und sieht geschlossene Lider. Während sie am fließenden Nektar saugt, bewegt sie ihren Finger langsam in Alisons Rektum. Abrupt erreicht die Blondine den Höhepunkt. Ihr ganzer Körper zuckt. Heftig bewegt sie die Hüften über Frankies Mund.

»Neuerdings ignorierst du mich«, klagt Marcia. Sie sitzen in einem Restaurant in der City und essen zu Mittag.

Was für ein grauenhafter Fraß! Ärgerlich runzelt Frankie die Stirn. Warum hat sie sich von Marcia zu diesem Lunch überreden lassen? Begreift das Mädchen denn nicht, daß die Affäre beendet ist?

Aber Marcia sieht immer noch reizvoll aus mit ihrem schönen üppigen Körper und den runden Waden in dunklen Strümpfen. Frankie entsinnt sich, wie Marcia zittert, wenn ihr Bauch gestreichelt wird. Wirklich, sie ist süß. Frankie möchte sich an einem Strand mit ihr vergnügen, auf feuchtem Sand, das

Rauschen der Brandung im Ohr. Warum schwärmt sie eigentlich für solche Frauen?

»Du hörst mir nicht zu«, klagt Marcia.

»Was hast du gesagt?«

»Ich glaube, in letzter Zeit ignorierst du mich.«

»Ja, vielleicht, ich war sehr beschäftigt.«

»Ist das auch wirklich der einzige Grund?« schmollt Marcia. »Hoffentlich steckt nicht mehr dahinter. Ich mag's nicht, wenn man mich fallen läßt.«

Wie kann Frankie sie fallen lassen, wenn sie niemals eine richtige Beziehung hatten? »Wie du weißt, lebe ich mit jemand zusammen.«

Marcia nickt. »Aber deshalb mußt du mir nicht den Laufpaß geben.«

»Das tue ich ja gar nicht.«

»Wie gern würde ich dich lecken! Jetzt gleich. Wenn ich unter den Tisch krieche …«

»Bitte, Marcia …«

»Stell dir vor, der Kellner hört zu«, kichert Marcia. »Dann kannst du nie wieder hierherkommen.«

»Sprich nicht so laut!«

»Weißt du, was mir an männlichen Lesben mißfällt? Sie sind so ernst. Auch du bist verdammt ernst, Frankie.«

Darauf gibt Frankie keine Antwort. Es ist ohnehin sinnlos. Daheim sitzt Valerie und Marcia ist hier in diesem Restaurant, aber ihre Gedanken sind bei Alison. Nur Alison ist eine echte Bereicherung ihres Lebens. Verglichen mit ihr findet Frankie alles andere trivial.

Sie begehrt Alison.

12

Valerie

Valerie trifft Brady und eine andere Frau am Broadway. Im heißen Sonnenschein glänzen Schweißtropfen auf den Stirnen, und Valerie bereut, daß sie sich nicht sorgfältiger geschminkt hat. Wo sie doch so großen Wert auf ihr Aussehen legt ... Sie haßt es, in der Sonne dahinzuschmelzen.

Als sie Brady anschaut, erinnert sie sich an die Nachmittagsparty, an die Hände der stämmig gebauten Lesbe auf ihrem Hintern. Bei diesem Gedanken zittert sie. Bradys Brüste sehen wie zwei Berge aus. Nirgends zeigt ihre Silhouette eine gerade Linie. Denkt sie auch an die Party? Sie wechseln einen Blick. Da merkt Valerie, daß Brady sich an alles erinnert.

Bradys Freundin heißt Dell, ein ganz anderer Typ. Nicht so aggressiv wie Brady, eher sanftmütig. Sie betrachtet Valerie, die den Eindruck gewinnt, sie würde hypnotisiert. Bald spürt sie eine wachsende Erregung. Ihre Klitoris pulsiert. Was wird geschehen? Welches Risiko wird sie eingehen? Sie will Cleo nicht zu einem ihrer verrückten Eifersuchtsanfälle provozieren. Aber als Brady vorschlägt, die nächstbeste Girl-Bar zu besuchen, stimmt Valerie zu.

Wenn man das Lokal betritt, scheint man durch einen Schleier zu gehen, der die eine Welt von der anderen trennt. Sie setzen sich in eine Nische und bestellen Bier. Nach dem ersten großen Schluck wischt Brady den Schaum vom Mund und mustert Valerie. »Deine Bluse gefällt mir.«

»Danke«, antwortet Valerie. Wird Brady sich an sie heranmachen? Das Bier schmeckt ihr. Und sie ist froh, weil sie den Nachmittag nicht allein verbringen muß.

»Cleo hat mir erzählt, du würdest mit jemand zusammenleben«, sagte Brady.

»Ja, das stimmt.«

»Kriegst du daheim genug?« fragte Brady und grinst anzüglich.

Valerie schweigt. Errötend weicht sie den Blicken der Frauen aus und schaut sich in der leeren Bar um. Dann starrt sie in ihr Bierglas. Was denken sie von ihr? Armes kleines Frauchen, das nicht genug kriegt. Sie fühlt, wie ihre Brüste im BH anschwellen.

Plötzlich taucht ein Fantasiebild auf – sie liegt an einem Strand, Brady und Dell reißen ihr das Kleid vom Leib und streicheln sie überall. Sie malt sich aus, wie Dell sie zwischen den Beinen kitzelt, während die heiße Sonne herabscheint. Wie eine heiße, gierige Blume öffnet sich ihre Muschi, um die Finger zu empfangen ...

Ein paar Minuten später steht Brady auf. »Ich muß noch etwas in der Stadt erledigen. Amüsiert euch gut.«

Verblüfft hebt Valerie die Brauen. Dieser Abschied kommt unerwartet. Nachdem Brady die Bar verlassen hat, fühlt sich Valerie unbehaglich in der Gesellschaft einer Frau, die sie kaum kennt.

Aber Dell ist nett und liebenswürdig – zumindest liebenswürdiger als Brady. Bald entspannt sich Valerie und genießt Dells Nähe. Mal was anderes. Auch sie weiß Abwechslungen zu schätzen.

Zunächst wirkt Dell etwas pikiert, weil Brady verschwunden ist. Die maskuline Lesbe gehört zu den Frauen, die immer eine gewisse Unsicherheit hinterlassen. Wie ein großes, schnelles Schiff, das an kleinen Booten vorbeifährt und das Wasser aufwühlt, so daß sie heftig schaukeln. Dell bemüht sich um die neue Freundschaft mit Valerie, spricht in sanftem Ton und gibt ihr lächelnd zu verstehen, wie gut sie ihr gefällt.

»Beugen Sie sich vor.«

»Warum?« fragt Valerie verwirrt.

»Tun Sie's. Für mich.« Dell starrt Valeries Brüste an.

Jetzt versteht Valerie, worum es geht. Etwas verlegen neigt sie sich vor. Die Bluse klafft auseinander, und Dell sieht den Busenansatz.

»Sehr sexy.« Dell lacht leise. »Tolle Titten in einem Spitzen-BH. Brady hat mir erzählt, auf der letzten Party sei Ihnen fast das Gehirn herausgebumst worden.«

Ärgerlich schüttelt Valerie den Kopf. »Es ist unfair, so über jemand zu reden.«

»Ach, was ist schon dabei?« erwidert Dell. »Sie sind viel zu hübsch, um sich über so was aufzuregen. Mögen Sie mich?«

Valerie schaut sie unsicher an. Eine rundliche Figur, um die Vierzig. Aber ein sanftes Gesicht und sympathische Augen. »Natürlich.«

»Hören Sie, ich habe ein paar interessante Spielsachen. Wenn ich mir vorstelle, wie wir's miteinander treiben, wird mir ganz heiß. Was halten Sie davon?«

»Ich weiß nicht recht ...«

»Hier ist's langweilig. Gehen wir zu mir, und machen wir's uns gemütlich, ja?«

Als Dell aufsteht, erhebt sich auch Valerie. Der Gedanke, allein in der Bar zu sitzen, erscheint ihr unerträglich.

Im Gegensatz zu Brady oder Cleo ist Dell überaus höflich. Sie hilft Valerie ins Taxi und wieder heraus. Sobald sie das Treppenhaus eines kleinen Appartementgebäudes erreichen, legt sie eine Hand auf Valeries Po. Valerie spürt die starken Finger durch ihre Kleidung hindurch und genießt die unverhohlene Begierde der neuen Freundin. Was wird Dell im Bett machen? Sie witzelt, es sei kaum auszuhalten, hinter einem so hübschen Arsch die Stufen hinaufzusteigen, und Valerie lacht.

Im Appartement öffnet Dell ein Fenster, um frische Luft hereinzulassen. Das Wohnzimmer ist ein Chaos. Überall liegen alte Illustrierte und Zeitungen, auf dem Fernseher steht ein Tablett. Dell holt kaltes Bier aus der Küche. Dann setzten sie sich aufs Sofa, und sie beginnt Valerie zu küssen und betastet die Brüste. Valerie seufzt ergeben und lehnt sich zurück.

»Laß doch sehen.« Dell knöpft die Bluse auf. Anstatt den BH zu öffnen, hebt sie Valeries Brüste aus den Körbchen und saugt an einer Knospe.

Stöhnend schaut Valerie auf Dells Kopf hinab, entdeckt graue Fäden im roten Haar und betrachtet eine rosige Ohrmuschel. Sie fühlt sich lüstern, zugleich sehr verletzlich, und sie ist bereit, alles zu tun, was Dell verlangt. In diesem Raum glaubt sie, den Geruch einer reifen Möse wahrzunehmen. Vielleicht ist es ihr eigener Duft. Dell erregt sie, weil ihre Sprechweise und ihre Bewegungen eine starke Sinnlichkeit ausstrahlen. Während Dell an der anderen Brustwarze saugt, greift sie unter Valeries Rock und streichelt die Muschi durch den Slip hindurch. Willig spreizt Valerie die Beine.

Dells Lippen lassen die harte Knospe los, die feucht und rosig glänzt. »Wie ist Cleo im Bett?«

»Darüber willst du sicher nicht reden«, meint Valerie belustigt.

»Doch. Bumst sie dich mit einem Schwanz?«

Zitternd spürt Valerie, wie Dells Finger über ihre Schamlippen streichen. »Nein, nie.« Jetzt will sie diese Finger in sich fühlen, sofort. Ihre Muschi ist schon ganz naß. Würde es Cleo etwas ausmachen, sie mit Dell zu teilen? Jedenfalls wird Valerie ihre Schenkel bedenkenlos für Dell öffnen. Sie rutscht etwas tiefer auf dem Sofa hinab, ihre Beine gleiten noch weiter auseinander. Die Lider halb geschlossen, schaut sie Dell an. »Ich mag dich viel lieber als Brady.«

»Wirklich? kichert Dell. »Nun muß ich dich endlich ausziehen. Ich kann's kaum erwarten, dich zu sehen.«

Wenige Sekunden später hat sie Valerie bis auf die Strümpfe und die Pumps ausgezogen. Sie schiebt ihre dicke Zunge in Valeries Mund und verkündet, sie würde mehr als gern mit ihr bumsen. Wahrscheinlich benutzt sie einen Dildo, überlegt Valerie. Wie das ist, weiß sie. In den wilden Tagen vor der Begegnung mit Frankie wurde es ihr oft auf diese Weise besorgt, von den maskulinen Lesben aus den Szenebars. Dell hilft ihr auf die Beine, und jetzt riecht Valerie ihren unverwechselbaren eigenen Saft.

Welches Spiel hat Dell geplant? Die Luft im Zimmer ist heiß und feucht, und sie spürt den Schweiß zwischen ihren nackten Brüsten, als Dell sie wieder küßt – den Mund, das Kinn, die Brustwarzen. Die ältere Frau liebkost Valeries Hintern, flüstert ihr ins Ohr, wie süß sie in ihren Strümpfen und den hochhackigen Schuhen aussieht, und kitzelt den Anus mit einer Fingerspitze.

Zitternd hofft Valerie, Dell würde sich nicht gerade auf *diese* Öffnung stürzen. Wenigstens nicht mit einem Dildo ... Unwillkürlich denkt sie an Cleo, die ihr schon oft die Finger in den Hintern gesteckt und sie wegen ihres heftigen Höhepunkts geneckt hat. Dell umschlingt ihren Körper mit starken Armen. Als Valerie sich an Dells großen, weichen, von einem Hemd verhüllten Busen preßt, scheint ein Sonnenstrahl zu funkeln.

»Wie du triefst, Schätzchen!« sagt Dell lachend. »Du bist ganz verrückt danach.« Dann veranlaßt sie Valerie, sich umzudrehen und die Hände auf eine Sessellehne zu stützen. Dell steht hinter ihr, küßt ihren Nacken und greift zwischen ihre Schenkel. Keuchend spreizt Valerie die Beine. Sie spürt, wie die kraftvollen Finger ihre Schamlippen öffnen. Plötzlich stellt sie sich vor, auf einer Wiese gebumst zu werden, von einer Frau in schwarzem Leder. Über diese unerwartete Idee muß sie lachen, und Dell glaubt, die Aktivitäten ihrer Finger würden Valerie amüsieren. Kichernd bearbeitet sie die Muschi und den Anus. Dann küßt sie wieder Valeries Nacken und knabbert an der zarten Haut. »Wenn du die Pobacken auseinanderziehst, mach ich's dir da hinten.«

Erschauernd gehorcht Valerie und beugt sich tiefer über die gepolsterte Sessellehne. Wenige Sekunden später spürt sie Dells heißen Atem in der Spalte, die nasse Zunge an der Öffnung des Anus. Entzückt beginnt sie zu wimmern. Sie genießt es, auf diese Weise geliebt zu werden, und fühlt sich wie eine Treibhauspflanze. Wie geschickt Dell mit ihrer Zunge umgeht ... Beinahe hat sie den Orgasmus erreicht. Dell steht auf und schiebt drei Finger in Valeries Vagina. Stöhnend reckt Valerie den Po nach hinten, voller Verlangen nach einem Höhepunkt, nachdem ihr Anus so heftig stimuliert worden ist. Wie aufreizend Dell die Fingerknöchel über die Klitoris reibt ... Bald wird Valerie von der Qual erlöst. Aber Dell macht immer weiter, schenkt ihr einen zweiten Orgasmus. Danach umfaßt sie Valeries Schultern, richtet sie auf und küßt sie. Erregt beobachtet Valerie, wie Dell ihre feuchten Finger ableckt. Valerie fühlt sich überwältigt, vom intensiven Sex benebelt. Jetzt ist sie zu allem bereit. Was immer Dell sich wünscht, es soll geschehen. Valerie weiß, was auf sie zukommt. Und sie sehnt sich danach.

»Wenn du noch ein Bier willst«, sagt Dell, »ich habe eins im Kühlschrank.«

»Prima.«

Spielerisch kneift die ältere Frau in eine von Valeries Brustwarzen und schlendert davon. Valerie geht in die Küche und nimmt das Bier aus dem Kühlschrank. Dabei schaut sie durchs Fenster zum Nachbarhaus hinüber. Die Jalousie ist hochgezogen. Kichernd erinnert sie sich, daß sie nur Strümpfe und Pumps trägt. Sie läuft ins Wohnzimmer zurück, bleibt bei der Stereoanlage stehen, trinkt das Bier aus der Dose. Langsam schwingen ihre Hüften im Takt der Musik.

Als Dell zurückkommt, ist sie bis zur Taille nackt. Ihre großen Brüste schaukeln hin und her, im offenen Hosenschlitz ihrer Jeans steckt ein Dildo. »Da bin ich mit meinem Schwanz«, verkündet sie lachend und streichelt den Apparat.

Beim Anblick des Dildos spürt Valerie, wie ihr das Blut in die Wange steigt. Die dunkelrosa Farbe wirkt unnatürlich, der Umfang und die Länge des Spielzeugs jagen ihr Furcht ein. Dells Busen erregt sie zudem viel mehr als der Dildo. Lächelnd bemerkt Dell ihr Interesse, läßt den Dildo los und hebt ihre Brüste mit dem Unterarm hoch. »Willst du dran saugen, Schätzchen? Komm nur, tu dir keinen Zwang an.«

Fasziniert von den schweren Brüsten neigt sich Valerie hinab, nimmt eine Spitze in den Mund und beginnt, daran zu saugen. Dell seufzt zufrieden. »Ja, so ist's gut, Engelchen, sehr gut.«

Diese Aktivitäten erhitzen Valeries Muschi, und die Säfte fließen zu den Rändern der Strümpfe hinab. Während sie genüßlich an der Brustwarze saugt, erinnert sie sich an ein Mädchen im College, eine wilde Lesbe mit glutvollen Augen und riesigen Brüsten, die sie jeder Frau bei der geringsten Provokation anbot. Auf einer Party hat Valerie das Angebot angenommen und so ihre lesbische Veranlagung erkannt.

Als sie den Kopf hebt, lächelt Dell und wiegt sich in den Hüften. »Runter mit dir, Schätzchen! Leck meinen Schwanz ab.«

Dieser Wunsch erinnert Valerie an ein unangenehmes Zwischenspiel mit zwei Motorradfahrerinnen, die dasselbe von ihr verlangten. Aber die eine hielt ihr ein Messer an den Hals, und Valerie machte sich vor lauter Angst in die Hose.

Nun kauert sie vor Dell, umfaßt die stämmigen, vom Jeansstoff verhüllten Schenkel, und ihre Lippen umschließen die rosafarbene Dildo-Spitze. Erstaunlicherweise schmeckt das Ding nicht nach Gummi, sondern neutral. Während sie den Kopf stillhält, bewegt Dell die Hüften und schiebt ihr den halben Dildo zwischen die Zähne. »Ist dir das zuviel, Schätzchen? Du hast so einen süßen Mund.«

Hingebungsvoll saugt Valerie am nachgiebigen Plastikmaterial und verspürt wachsende Erregung in ihrer Muschi. Dieses Gerät gefällt ihr besser als die harten Vibratoren; es fühlt sich wie ein samtiger Schnuller auf der Zunge an.

Nach einer Weile glaubt sie, Patschuli zu riechen. Aber sie kann sich nicht vorstellen, woher das kommen mag. Sie hört Dells keuchende Atemzüge, schaut nach oben, und beim Anblick der vollen Brüste, die über ihrem Kopf hängen, wimmert sie vor Lust.

Frisch gewagt ist halb gewonnen, denkt sie. Ist Dell die Lösung ihrer Probleme? Jedenfalls scheint sie eher bestrebt, ihr Freude zu schenken als Cleo. Die blonde Lesbe ist egoistisch, kostet die Befriedigung ihrer eigenen Bedürfnisse bis zur Neige aus und kümmert sich nicht darum, wenn Valerie klagt, die Finger in ihrem Rektum würden ihr Schmerzen bereiten. Manchmal nimmt sie Valeries Kopf zwischen die Beine. Dabei preßt sie die muskulösen Schenkel so fest zusammen, daß Valerie zu ersticken glaubt.

Schließlich führt Dell nun ihre neue Gespielin ins Schlafzimmer, legt sie aufs Bett und bittet sie, die Knie anzuziehen, und ihre Muschi zu zeigen. Lächelnd versichert sie, wie hübsch Valerie ist, wie reizvoll sie das dunkle Kraushaar findet. Bei diesem Anblick würde ihr das Wasser im Mund zusammenlaufen. Natürlich ist das reiner Unsinn. Trotzdem freut sich Valerie über die Komplimente. Sie umfaßt ihre Knie und beobachtet, wie Dell die Möse und den Anus inspiziert. Inständig hofft sie, Dells lange Nase würde ihre Klitoris polieren. Statt dessen starrt Dell minutenlang zwischen Valeries Beine. »Zeig mir das Loch!«

Errötend zieht Valerie ihre Schamlippen auseinander und entblößt die Öffnung der Vagina. Dell späht hinein und lächelt. Zärtlich streichelt sie den Dildo, der aus ihrem Hosenschlitz ragt. Dann kriecht sie aufs Bett, und das wichtigste Ereignis des Nachmittags beginnt.

Sobald sie zwischen den gespreizten Schenkeln kniet, legt sie Valeries Beine über ihre Schultern und schiebt den Dildo in die feuchte Möse. Keuchend schließt Valerie die Augen und konzentriert sich auf ihre Sinnenlust. Ein Schauer durchströmt ihren Körper, während Dell einen Finger in den Anus steckt, und sie hört ein ermutigendes Flüstern. Mit Cleo erlebt sie niemals einen so romantischen Liebesakt. Wie gut sich der Dildo in ihrer Vagina anfühlt – und sie wünscht, dieses Glück möge niemals enden. Weil ihre Säfte reichlich fließen, findet sie die Bewegungen des glitschigen Spielzeugs sehr angenehm. Behutsam bohrt Dell ihren Finger tiefer in den Anus und zieht ihn heraus, immer wieder, immer von neuem. Als ein lauter Schrei Valeries Orgasmus ankündigt, beschleunigt Dell ihren Rhythmus.

13

Frankie

Frankie sitzt in Alisons Schlafzimmer auf einem Stuhl. Träge blättert Alison in einer Modezeitschrift. Sie liegt im Bett auf der Seite, in einem Morgenmantel. Entspannt zurückgelehnt, betrachtet Frankie ein wohlgeformtes Bein, das der verrutschte Morgenmantel entblößt, den schmalen, von Nylon umhüllten Knöchel, den eleganten hochhackigen Pantoffel, der den Fuß noch verschönert.

Nun legt Alison das Magazin beiseite und steht auf. Seufzend streicht sie mit den Fingern durch ihr blondes Haar und schlendert zum Toilettentisch. Ärgert sie sich über irgend etwas? Worüber? Frankie weiß nicht, was es sein könnte, denn sie tut stets ihr Bestes, um Alison bei Laune zu halten. Manchmal fällt es ihr schwer, die Wünsche der anspruchsvollen Geliebten zu erraten. Die Affäre verläuft in einem gewissermaßen atemlosen Rhythmus, den Alison bestimmt – nicht Frankie.

Als Alison den Morgenmantel auszieht, entsteht ein heißes Lustgefühl in Frankies Bauch. Jetzt trägt die Blondine nur mehr ein malvenrosafarbenes Seidenhöschen, Strümpfe mit elastischen Rändern und Pantoffel. Offenbar gefällt es ihr, Frankie zu provozieren. Sie späht in den Spiegel über dem Toilettentisch, streichelt ihre nackten Brüste, umkreist mit den Fingerspitzen die Rundungen und scheint die Größe zu messen. Dabei weicht sie Frankies Blick aus. Wie süß sie ist ... Hemmungslos zupft sie an den Brustwarzen und spielt mit ihrem Körper, als wäre Frankie, die sich plötzlich nach Liebkosungen sehnt, gar nicht da. Frankie springt auf und geht zu ihr. Eine Zeitlang stehen sie beisammen, ohne sich zu berühren. Alison wendet sich zu Frankie und mustert sie belustigt. Hinter ihr hängt ein Ölgemälde, das einen weißen Mond über einem blauen See zeigt.

»Warum ziehst du dich nicht aus? Nie darf ich dich angucken«, sagt Alison.

Natürlich stimmt das nicht. Sie hat Frankies Körper oft genug gesehen. Aber Frankie widerspricht ihr nicht und beginnt sich zu entkleiden. Erst legt sie die Kostümjacke ab, dann die schmale Krawatte, die weiße Bluse, den engen Rock. Sie steigt aus den flachen Schuhen und der Strumpfhose. Jetzt trägt sie nur mehr einen androgynen kastanienroten Slip. Die Brustwarzenhöfe rings um die harten dunklen Spitzen ziehen sich zusammen. Als sie Alison anschaut, liest sie Neugier in den blauen Augen. Was will sie, überlegt Frankie. Sie fühlt sich immer unwohl, wenn sie in Gegenwart einer Frau nackt ist. Plötzlich fürchtet sie, Alison würde sie wegschicken. Großer Gott, wie wunderschön sie ist!

Sie stellt sich vor, Alison würde ihr alle Wünsche erfüllen. Soll sie den Slip ausziehen? Nein, sie behält ihn lieber an. Ihre Muschi trieft. Wenn sie die Beine spreizt, wäre der Fleck zu sehen. Wüßte Alison das zu würdigen? Sie betrachtet zwar Frankie, aber ihr Interesse gilt den kaum vorhandenen Brüsten, nicht dem Venusberg. Unbehaglich wendet Frankie sich ab und faltet ihre Kleider auf dem Stuhl zusammen.

Dabei spannt sie die Muskeln ihrer Hinterbacken an, was ein angenehmes Prickeln im Anus erzeugt. Absurd ... Beinahe muß sie wie ein albernes kleines Mädchen kichern. Versteht Alison, was in ihrer Liebhaberin vorgeht? Ärgerlich schlüpft Frankie aus dem Höschen und wirft es auf die anderen Sachen, ohne ihre feuchten Schamlippen zu beachten.

Dann dreht sie sich zu Alison um, die etwa sechs Schritte entfernt steht und die Vertiefung zwischen ihren Brüsten berührt. Frankie zögert kurz, bevor sie fragt: »Hast du eine Lotion? Meine Arme sind so trocken.«

Alison nimmt ein Plastikfläschchen vom Toilettentisch und gibt es ihr. Frankie dreht sich von der schönen Blondine weg und cremt ihre Unterarme ein; sie ahnt, daß ihr Hintern begutachtet wird. Besser der als alles andere. Sie bemüht sich immer, die Aufmerksamkeit von ihrem Körper abzulenken. Lächerlich, denn die meisten Frauen finden sie attraktiv.

Offenbar errät Alison diese Gedanken. »Deine Figur gefällt mir.«

Frankie fängt zu zittern an und spürt neue Säfte zwischen den Beinen. Was soll sie mit Alison machen? Was erwartet die Geliebte von ihr? Manchmal, so wie jetzt, zieht Alison das Vorspiel gern in die Länge, bevor sie endlich zur Sache kommen. Unglücklicherweise ist Frankie nur auf das eine scharf, auf die restlose Eroberung der schönen Blondine. Sie hält den Atem an und erinnert sich, wie ihre Finger die verführerischen Öffnungen erforscht haben.

Zu ihrer Überraschung tritt Alison näher und streichelt ihre Arme. »Trainierst du immer noch regelmäßig?«

Frankie nickt. »In einem sehr guten Fitnesscenter. Komm doch mal mit.«

»Da würde ich's keine fünf Minuten aushalten.«

»Aber man muß doch was für seinen Körper tun.«

Frankies muskulöse Arme scheinen Alison zu faszinieren. Während Frankie die Brüste ihrer Freundin anstarrt, verspürt sie das Bedürfnis, die üppigen Knospen abzulecken. Jetzt ist sie richtig heiß. Sie erschauert, während Alisons Hand über ihren Busen gleitet und spielerisch in eine Brustwarze kneift.

»Jedenfalls mag ich deine Figur. Legen wir uns hin.« Alison lacht leise, weil Frankie sie sofort zum Bett drängt.

Engumschlungen sinken sie darauf. Frankie schiebt ihre Zunge zwischen Alisons Lippen und umfaßt eine Brust. Als sie mit einer Knospe spielt, gurrt die Blondine vor Vergnügen. Frankie nimmt die Brustwarze in den Mund und benetzt sie mit ihrem Speichel. Weiß Alison, daß sie vergöttert wird?

»Küß mich überall«, stöhnt sie.

Frankie wird ganz schwindlig. Was meint Alison? Überall? Ihre Schönheit wirkt berauschend. Anmutig dreht sie sich auf den Rücken. So begehrenswert ... Frankie streicht über die prallen Brüste. Wie Pfeile ragen die Spitzen heraus. Genüßlich saugt Frankie an jeder Knospe, und Alison hebt den Kopf, um sie zu beobachten. Frankie ergreift eine Halbkugel, bewegt sie unter ihren Lippen hin und her und ärgert sich, weil sie nicht an beiden Brustwarzen zugleich lecken kann. Oh, diese exquisiten Rosinen! Nachdem sie jede ausgiebig gekostet hat, vergräbt sie ihr Gesicht zwischen den vollen Brüsten. Dann reibt sie mit ihrem feuchten Mund über die Spitzen, bis sie zu großen Beeren anschwellen. Hingerissen atmet sie den Duft der hellen Haut ein.

Alison drückt auf Frankies Scheitel.

Frankie weiß Bescheid. Langsam gleiten ihre Lippen über den Bauch nach unten. Alison muß ihre Wünsche gar nicht aussprechen.

»Was für ein hübsches Höschen!« Frankie zupft am Gurtband.

»Gefällt's dir wirklich?« Sinnloses Geschwätz zwischen Liebenden. Frankie preßt ihre Wange auf die Seide.

Aber Alison will geleckt werden. Wie üblich beharrt sie auf ihrer Absicht und schiebt Frankies Kopf wieder nach unten. Um sich selbst zu quälen, schiebt Frankie den Slip ganz langsam hinab, entblößt allmählich immer mehr Haut, das blonde Kraushaar. Wie aufregend, das ganze Dreieck zu betrachten. Welch schöne dichte Löckchen! Um ihr entgegenzukommen, hebt Alison die Hüften, und Frankie streift ihr das Höschen von den Beinen. Leise raschelt die Seide auf den Nylonstrümpfen und schürt die Leidenschaft. Alison sieht irgendwie dekadent aus, wenn sie nur Strümpfe trägt. Sie schlingt ein Bein um Frankies Hals und zieht sie an sich.

Wie eine erwartungsvolle rosafarbene Muschel öffnet sich die Möse, und Alison stöhnt entzückt, als sie die heiße Zunge spürt. Bald legt sie auch das andere Bein um Frankies Nacken, die Schenkel weit gespreizt, um ihr die ganze Muschi darzubieten. Mit sanften Fingerspitzen liebkost Frankie die äußeren Schamlippen, und schon schwellen die inneren an. Wie Blütenblätter öffnen sie sich. Die Innenseiten der Schenkel sind parfümiert, und der Duft mischt sich mit dem schwülen Geruch der Möse. Frankie zieht die Fältchen zur Seite, schnuppert daran, benetzt ihre Nase mit dem Sirup der Blondine und saugt an der Vagina. Während sie den Honig schlürft, stöhnt Alison noch lauter. Frankies Zunge umkreist das Loch, dann leckt sie über die Klitoris, nimmt sie zwischen die Lippen, dreht ihr Gesicht im feuchten Tal hin und her. Schließlich dringt ihre Zunge in die Vagina ein. Ihre Finger halten die Schamlippen weit auseinander. Immer wieder stößt die Zunge vor und zieht sich zurück. Frankie weiß, wie sehr Alison dieses Liebesspiel genießt. Das hat sie ihr gestanden. Nun beißt Frankie in eine der Lippen, bevor sie ihr Gesicht wieder in der Muschel vergräbt. Ihre Begierde ist intensiv, atemberaubend, gnadenlos. Als sie spürt, wie Alison an ihrem Haar zupft, hebt sie den Kopf. Sie verläßt die Muschi, den Hafen des Glücks, und schaut in Alisons glutvolle Augen. Wie rasend schlägt Frankies Herz, während Alison ihre eigenen runden Brüste streichelt und ihr einen koketten Blick zuwirft. Frankie betet sie an. Jetzt gehört Alison ihr, und sie will noch viel mehr von ihr.

»Kann ich mich umdrehen?« fragt Alison lächelnd. O ja. Sie dreht sich auf den Bauch, und Frankie bewundert ihren schönen Hintern, die festgeschlossenen Backen. Hingerissen betrachtet Frankie die strammen Schenkel, die wohlgeformten Waden im schimmernden Nylon, den hübschen Po. Von ungeduldiger Erregung erfaßt, läßt sie ihren Mund über die Wölbung einer prallen Hinterbacke gleiten. Wimmernd bewegt Alison die Hüften.

Voller Bewunderung liebkost Frankie den Po der Blondine. Während sie ihn küßt, reiben ihre Finger über ihre eigene Klitoris. Mit ihrer feuchten Zunge leckt sie über die Elfenbeinhaut. Das Fleisch ist fest und nachgiebig zugleich, glatt und weich und warm; Frankie spürt, wie ihr eigener Saft über ihre Finger rinnt.

Hingerissen von Frankies Zärtlichkeiten ringt Alison nach Atem und windet ihren Hintern unter Frankies Gesicht umher. Das haben sie schon öfter getan, und Alison weiß, wie weit es gehen wird, wie liebevoll dieser Teil ihrer Anatomie behandelt wird. »Was du mit meinem Arsch machst, gefällt mir«, hat sie einmal beteuert, und Frankie wandte sich verlegen ab, um ihr Gesicht zu verbergen.

Jetzt massiert sie beide Hinterbacken, und Alison öffnet die Schenkel. Ihre Haut schimmert im Sonnenlicht des Nachmittags. Dann zieht sie die Knie ein wenig an, hebt den Po, und Frankie kostet die Spalte.

Nun ist sie verloren. Mit beiden Händen zieht sie den Hintern auseinander, und die eigene Lust treibt ihr das Blut in die Wangen. Aber niemand sieht sie erröten. Sie preßt ihr Gesicht zwischen die Hinterbacken, küßt alles, nur nicht die empfindsame Rose. An dieser Stelle ist die Haut weich und zart und duftet nach Parfum. Frankie umfaßt Alisons Venusberg und spürt die nasse Hitze. Langsam gleitet ihr Mund zur Öffnung der Vagina, die sich deutlich zeigt, ein dunkelrotes Loch.

Stöhnend hebt Alison den Hintern noch höher, die Knie gehen weiter auseinander, die Schenkel spreizen sich, und der Po kreist hin und her.

In solchen Augenblicken würde Frankie ihre Freundin lieber mit einem Strumpfgürtel sehen. So sexy die Strümpfe mit den elastischen Rändern auch aussehen, ein Strumpfgürtel wäre noch aufregender. Sie möchte die Strapse unter den Fingerspitzen spüren, wenn sie ihr Gesicht in Alisons runden Hintern preßt. Irgendwann muß sie das zur Sprache bringen und der Liebsten zuflüstern, auch wenn Alison nichts dergleichen erwartet. Wahrscheinlich wird sie belustigt nicken und versprechen, sie würde einen Strumpfgürtel tragen, wenn sie Frankie damit erfreuen kann.

Nun betrachtet Frankie die zarten Härchen in der Spalte und hält die zuckenden Hüften fest. Ihr Daumen gleitet zwischen den Innenseiten der Wölbungen hindurch, und die Finger ziehen sie auseinander, während sie von Alisons Hintern Besitz ergreift. Unter der Spalte zeigt sich die Möse wie ein behaarter Mund, der um Aufmerksamkeit fleht.

Vielleicht führe ich sie eines Tages auf ein Boot, denkt Frankie, und nehme sie, wenn der Wind in den Segeln flattert.

Inzwischen ist die Bettdecke aus rosa Satin mit feuchten Flecken übersät, Schweiß und Mösensaft. Frankies Klitoris fühlt sich geschwollen an. Sie schaut auf ihren Bauch hinab und überlegt, ob sie später eine Gelegenheit finden wird, sich an Alisons Oberschenkeln zu reiben. Wozu Alison bereit ist, läßt sich nie vorhersehen. Die Affäre hat ihre Höhe- und Tiefpunkte. In Frankies Ohren rauscht das Blut, von wildem Verlangen erhitzt, und ihre Muschi trieft. Jetzt hebt Alison ihren Hintern noch höher empor, um ihn Frankie anzubieten, und wirft ihr einen Blick über die Schulter zu. »Küß mich!« Frankie, die eine gehorsame Liebhaberin geworden ist, neigt das Gesicht wieder hinab und schiebt die Zunge zwischen Alisons Hinterbacken. Die beiden Rundungen scheinen eine betörende Hitze zu verströmen. Begierig reibt Frankie ihre Brustwarzen an Alisons Schenkel, an den Rändern der Strümpfe. Sie versucht sich zu entsinnen, was sie letztes Mal getan haben. Immer wieder muß sie Abwechslung ins Liebesspiel bringen, damit sie Alison nicht langweilt. Nun gleitet ihr Mund über den Anus und befeuchtet ihn. Sie kitzelt ihn mit der Zunge. Dann drückt sie die Zungenspitze in den Ring des Schließmuskels, und Alison stöhnt noch lauter.

Langsam reibt Frankies Handfläche über das nasse Fleisch der eigenen Möse, über das feuchte Schamhaar. Für einen kurzen Augenblick will sie aufbegehren, weil Alison sich unentwegt bedienen läßt. Ständig muß ihr Körper verehrt werden. Frankies Säfte fließen in ihre Hand und über die Finger. Wird der Brunnen nie versiegen? Alison reckt ihren Po hoch, und Frankie spürt ein Prickeln in ihrer Klitoris, als sie die Hinterbacken mit beiden Händen umfaßt. Ihre Zunge ist nun in den engen Ring eingedrungen.

Keuchend preßt Alison ihren Hintern an Frankies Gesicht. Die Schenkel weit gespreizt, den Rücken gebeugt, eine Wange ins Kissen gedrückt, konzentriert sich Alison voll und ganz auf die Liebkosungen. Für Frankie ist diese Zärtlichkeit eine Inbesitznahme, eine Eroberung. In ihrer Brust steigert sich die Hitze, während ihre Lippen an Alisons Anus kleben, und den Muskel zur Kapitulation verführen.

Ist das Zimmer zu warm? In Strömen rinnt der Schweiß von Frankies Brüsten. Ihre Zunge bleibt aktiv, und sie lauscht auf Alisons Stöhnen, hört jeden einzelnen Lustschrei. Langsam schiebt sie die Zunge noch tiefer in den Anus, entspannt sich dann, läßt sie ganz sanft am Eingang flattern.

Alisons Höhepunkt gleicht dem Ausbruch eines Vulkans, und ihr ganzer Körper zuckt, als Frankie plötzlich zwei Finger in die Vagina schiebt und rhythmisch bewegt, während ihre Zunge im empfänglichen Anus der Blondine leckt.

Danach baden sie gemeinsam, cremen ihre Körper mit Lotion ein, und Frankie beginnt Alisons Hintern wieder zu lieben. Kichernd gesteht Alison, sie sei unersättlich.

14

Valerie

Als Frankie aus beruflichen Gründen für ein paar Tage nach New York fliegt, geht Valerie eines Abends mit Cleo tanzen. Sie besuchen eine Lesbenbar. Einerseits freut sich Valerie auf das Ereignis, andererseits fürchtet sie, Bekannte von Frankie würden sie in Cleos Gesellschaft sehen.

In der überfüllten Bar stürmt die Musik auf sie ein, der Lärm, das Gedränge der Frauen. Einen solchen Abend hat sie schon lange nicht mehr erlebt. Sie steht neben Cleo, die ihren Freundinnen zuwinkt, mit ihnen redet und ihre Begleiterin ignoriert. Doch das stört Valerie nicht. Sie hofft, Cleo würde sie später in ihrer Wohnung beglücken. Allein schon bei diesem Gedanken erschauert sie vor Erregung, so wie immer, wenn ihr bewußt wird, daß Cleo sie wie eine Flickenpuppe behandelt. Ihre Säfte beginnen zu fließen. Selbst die Atmosphäre der Bar, der Wirbel und die Mischung verschiedener Parfums steigern ihre Lust.

Bald stolziert eine maskuline Lesbe heran, um Cleo zu begrüßen, und Valerie lernt Pauly kennen. Sie schwatzen eine Weile. Dann schlingt Cleo einen Arm um Paulys Schultern und lächelt Valerie an. »Das ist eine alte Freundin, Val. Sei nett zu ihr. Inzwischen will ich mich um jemand kümmern.«

Valerie ist pikiert. Aber sie kann nicht protestieren, denn Cleo verschwindet bereits in der Menge. Pauly drückt Valerie gegen die Theke. »Noch einen Daiquiri, Schätzchen?«

Nun beginnt das Spiel. Pauly streicht über Valeries Rücken und schiebt ein Knie zwischen ihre Schenkel. Zunächst möchte Valerie rebellieren. Doch sie besinnt sich anders. Wahrscheinlich wollte Cleo ihr bedeuten, mit Pauly zu flirten. Der Alkohol und die laute Musik heizen die Stimmung an. Soll sie sich von Pauly fernhalten? Das läßt die große Lesbe ohnehin nicht zu. Sie küßt Valeries Hals und flüstert ihr ins Ohr, ihre Brüste im tiefen Dekolleté seien süß. Da würde man wirklich etwas in der Hand haben. »Ich mag große Titten«, fügt sie hinzu und nimmt einen Schluck Bier.

In diesem Moment kommt ein Mädchen vorbei, das Valerie kennt und das ihr zulächelt, die Brauen hebt und wortlos weitergeht. Glaubt das Mädchen, Valerie wäre mit Pauly liiert? Verdammt …

Pauly führt sie auf die Tanzfläche. Als sie zu tanzen beginnt, wirkt sie maskuliner denn je. Valerie schaut sich im Gewühl um. Plötzlich sieht sie Cleo mit einer hübschen jungen Blondine in einem aufreizenden Kleid tanzen und zittert vor Eifersucht. Zum Teufel mit Cleo, die sie immer wieder demütigt!

Die Blondine scheint Cleo zu faszinieren. Überall tummeln sich traumhafte Frauen. Valerie versteht nicht mehr, warum sie diesem Rendezvous überhaupt zugestimmt hat. Sie ist gar nicht mit Cleo zusammen, sondern mit Pauly. Und sie merkt, daß sie ihre Tanzpartnerin reizt. Wie Paulys Blick deutlich verrät, will sie mit ihr ins Bett gehen. Valerie stellt sich Paulys dicke Finger in ihrer Möse vor. Klar, Pauly ist verrückt nach ihr. Und Cleo kümmert sich ohnehin nicht drum. Valerie erkennt, daß sie der älteren Frau nichts bedeutet. Deshalb behandelt Cleo sie wie den letzten Dreck. In einem Spiegel sieht sie sich mit Pauly tanzen, der großen Frau, die ihr an die Wäsche will. Sie malt sich aus, wie hemmungslos sie sich der starken Lesbe hingeben wird. Was für ein männlicher Körper – und wie sich Pauly bewegt, wie sie die kraftvollen Arme schwingt ... Valerie kommt sich hilflos vor. Frankie ist jetzt in Washington, und Cleo amüsiert sich mit dem blonden Mädchen. Sie fühlt sich einsam – wie ein unwichtiger Schatten anderer Frauen. Mehr ist sie nicht, nur Frankies und Cleos Schatten.

Während sie weitertanzen, streicht Pauly über Valeries Hüften und starrt ihre Brüste an, die beinahe aus dem Ausschnitt quellen. »Gehen wir hinunter.«

»Hinunter?«

»In die Toilette, Schätzchen. Machen wir eine kleine Pause, ja?«

Pauly zieht sie in den Hintergrund, und Valerie ist ihr dankbar, denn der Tanz hat sie ermüdet, und sie muß sowieso aufs Klo. Einen muskulösen Arm um Valeries Taille gelegt, führt Pauly sie die Treppe hinab. Im Kellergeschoß stehen mehrere Frauen vor der Toilette Schlange. Pauly tritt hinter Valerie, preßt sich an ihren Hintern und flüstert: »Du bist die schönste Blume in dieser Kneipe, viel hübscher als alle anderen.« Dann erklärt sie, wie gern sie ihr den Rock hochschieben und ihr's mit zwei Fingern von hinten besorgen würde, mitten in der Warteschlange.

Durch Valeries Körper strömt ein wohliger Schauer. Sogar Pauly erregt sie, obwohl sie nicht damit gerechnet hat. Die Vorstellung, die große Frau würde es ihr von hinten besorgen, nimmt ihr den Atem. Sie vergleicht Pauly mit Frankie und Cleo. Offensichtlich ist diese Lesbe noch viel energischer und selbstbewußter. Valerie spürt, wie die Frau hinter ihr heißen Sex ausstrahlt – wie ein brennender Ofen.

Endlich betreten sie die Toilette. Valerie eilt in eine der leeren Kabinen. Zu ihrer Bestürzung folgt ihr Pauly, verschließt die Tür hinter sich, packt Valerie und küßt ihre Lippen. Dann greift sie ihr unter den Rock und ins Höschen. Ohne Umschweife schiebt sie ihre dicken Finger in die Muschi.

»Mein Gott, hör auf!« keucht Valerie.

Aber Pauly kichert nur. »Komm, Baby, zeig's der Mama!«

Sie zwingt Valerie, die Beine zu spreizen. Zielstrebig gleiten drei Finger in die Vagina. Stöhnend hebt Valerie ein Bein, um ihr den Zugang zu erleichtern.

Lange dauert es nicht, bis sie den Höhepunkt erreicht – schon gar nicht, wenn sie von einer so routinierten männlichen Lesbe bearbeitet wird. Ein wildes Feuer durchströmt ihren zuckenden Unterleib. Nach dem ersten Höhepunkt fleht sie Pauly an, aufzuhören. Doch die Frau bedeutet ihr, sich umzudrehen und die Hände auf den Spülkasten zu stützen. Sie zerrt Valeries Kleid hoch, streichelt ihren Hintern und steckt ihre Finger wieder in die Möse.

Hilflos überläßt sich Valerie der verzehrenden Ekstase. Die Innenseiten ihre Schenkel sind naß bis zu den Rändern der Strümpfe. Verzweifelt hofft sie, die anderen Frauen in der Toilette würden sie nicht stöhnen und wimmern hören.

Während Pauly den Rhythmus ihrer Finger beschleunigt, schiebt sie ihren Daumen in Valeries Anus. »Cleo hat mir erzählt, du hättest einen verdammt heißen Arsch. Und sie hat recht, nicht wahr?«

Inmitten eines intensiven Orgasmus begreift Valerie, was geschehen ist. Cleo hat sie fallenlassen, einfach weggeworfen und Pauly ihr Püppchen geschenkt.

Schreiend und schluchzend erlebt Valerie einen überwältigenden Höhepunkt. Natürlich glaubt Pauly, Valerie wäre im Himmel und würde nur deshalb weinen.

O Gott, das will ich nicht, denkt Valerie. Das nicht. Sie haßt Pauly, sie haßt Cleo, sie haßt alles, was mit ihr geschehen ist. Jetzt sehnt sie sich nach Frankie. Nur nach Frankie.

15

Frankie

Frankie sitzt allein in einem Restaurant an der Chestnut Street, wartet auf Alison und spielt mit ihrer Serviette. Vor drei Tagen ist sie nach Chicago zurückgeflogen. Und jetzt kennt sie nur einen einzigen Gedanken – Alison wiederzusehen. Der Aufenthalt in Washington war langweilig. Vielleicht auch kann sie sich neuerdings nicht genug auf ihre Arbeit konzentrieren.

In diesem Moment empfindet sie Angst. Und sexuelle Ungeduld. Sie hofft, daß Alison diesen Nachmittag noch nicht verplant hat. Rastlos rutscht sie auf ihrem Stuhl umher und fragt sich, ob sie ihren Rock zerknittert. Unter der Kostümjacke trägt sie ein weißes Hemd ohne BH, und sie spürt, wie sich der Stoff an ihren Brustwarzen reibt. Sie schaut sich im Lokal um, ihr sexueller Hunger wächst.

Wird sie jemals zufrieden sein? Als junges Mädchen fand sie den Vollmond romantisch. Oberflächliche Romantik war das Wichtigste in ihrem Leben. Jetzt weiß sie, daß nur die Liebe zählt. Eine intensive, berauschende Liebe. Solche Emotionen hat sie einmal mit Valerie geteilt. Aber vielleicht werden diese Gefühle niemals zurückkehren. Es war schwierig, Alison die Zustimmung zu diesem Rendezvous abzuringen. Ist Alison zu launisch? Bedeute ich ihr zu wenig, überlegt Frankie. Wie bedauerlich, daß sie

Alison in einem Restaurant wiedersehen wird und sie nicht umarmen kann. Sei ganz cool, ermahnt sie sich.

Gestern hat sie mit Alison telefoniert und sich über das kokette Zögern der Blondine geärgert. Sie ist einfach zu schön, denkt Frankie. Und ich möchte meine Finger tief in sie hineinschieben. Ich klammere mich an die Hoffnung, daß ich mein Leben in geregelte Bahnen lenken kann. Was will ich? Alison oder Valerie? Genügt mir eine Frau? Manches an Valerie reizt sie immer noch. Zum Beispiel die Beine. Aber Alison erregt sie auch. Wie sie gurrt, wenn Frankie sie streichelt, die Art, wie sie ihren Hintern anbietet.

Vielleicht liegt es an der Subtilität. Alison ist subtiler als Valerie. Du verstehst gar nichts, sagt sich Frankie. Mit Delikten und Vermögensverwaltung kennst du dich aus. Was du dir von den Frauen wünschst, weißt du nicht ... Frankie ist verwirrt.

Endlich erscheint Alison. Eine hochgewachsene, anmutige Vision betritt das Lokal, sieht sich um, entdeckt Frankie und geht zu ihr. Wieder verspürt Frankie jenen Hunger, das Verlangen, Alisons Schönheit auszukosten.

»Hallo!« Lächelnd setzt sich Alison ihr gegenüber an den Tisch.

»Du siehst fantastisch aus«, sagt Frankie und fügt nach einer kurzen Pause hinzu: »Ich habe dich sehr vermißt.«

Mit einem spröden Blick nimmt Alison den Liebesbeweis zur Kenntnis. Dann ergreift sie die Speisekarte und verkündet, was sie mag und was nicht. Frankie interessiert sich nicht für den Lunch. Nur für Alison, für gemeinsame Erinnerungen und erotische

Fantasiebilder, die ihr in rascher Folge durch den Sinn gehen. Was will ich, fragt sie sich wieder. In diesem Augenblick möchte sie ihr Kinn in Alisons Muschi drücken. Bei diesem Gedanken beginnt sie zu zittern. Damit – hämmert sie sich ein – muß sie aufhören, bevor sie sich selbst zerstört.

Alison ist verändert. Das spürt Frankie. Sie reden über die Reise nach Washington. Aber Alison zeigt kein Interesse und betrachtet ihre Hände, die schmalen Finger.

Während Frankie ihre Erlebnisse schildert, überlegt sie, wie sie Alison an diesem Nachmittag ins Bett kriegen soll. Sie will die Blondine in den Armen halten und küssen und ihr den Wunsch erfüllen, überall eine heiße Zunge zu spüren. Plötzlich ist die Erinnerung an Alison so lebhaft, daß Frankie erschauert. Faszinierend.

»Wir müssen reden«, sagt Alison unvermittelt.

»Worüber?«

»Über etwas Wichtiges.«

»Ich höre«, erwidert Frankie und denkt an Alisons atemberaubenden, perfekten Po, den weichen Bauch, die besondere Art ihrer Orgasmen.

»So kann's nicht weitergehen.«

»Was meinst du?«

»Mit uns. Tut mir leid.«

Frankie entsinnt sich, wie Alison stöhnt, wenn sie die Finger ihrer Liebhaberin intensiver spüren möchte.

»Machst du Schluß? Einfach so?«

Unbehaglich weicht Alison ihrem Blick aus. »Ist es nicht besser, so etwas ohne Umschweife auszusprechen? Ich glaube schon.«

Einige Sekunden lang fragt sich Frankie, ob es Mittel und Wege gibt, Alison umzustimmen. Aber es ist wahrscheinlich sinnlos.

»Warum?«

Alison zuckt die Achseln. »Inzwischen habe ich gemerkt, daß mir diese Lebensweise mißfällt.«

»Also willst du nicht mehr lesbisch sein?«

Nervös schaut sich Alison um und scheint zu befürchten, jemand könne das Gespräch belauschen. »Genau.«

»Oh, Scheiße!«

»Hoffentlich bleiben wir Freundinnen«, murmelt Alison errötend.

Frankie mustert sie schweigend. Dann legt sie die Serviette beiseite und steht auf. »Wenn ich hinausgehe, bezahle ich die Rechnung. Adieu, Alison.«

Im Büro schwankt Frankies Stimmung zwischen Zorn, Trauer und sexuellem Frust. Nun erkennt sie, daß die Beziehung zu Alison eigentlich nur auf Sex begründet war. Allein schon die Erinnerung an Alison genügt, um Frankies Säfte fließen zu lassen. An diesem Nachmittag hat sie mit ihr ins Bett gehen wollen. Statt dessen ist die Affäre beendet und Alison aus ihrem Leben verschwunden.

Warum bin ich so dumm, überlegt Frankie. Der einzige Halt in meinem Dasein ist Valerie. O ja, die liebe, treue Valerie.

Frankie verläßt die Kanzlei früher als sonst und geht ins Bloomingdale's. Vor einem Spiegel in dem Geschäft bleibt sie stehen und starrt sich an. Eine gepflegte junge Anwältin, die lesbisch sein kann oder auch nicht. Wo findet sie ihren Platz im Leben? Sie wischt eine Fussel von ihrem Rock. In der Wäscheabteilung kauft sie ein schwarzes Negligé und läßt es als Geschenk verpacken. Fragt sich die Verkäuferin, für wen das Geschenk bestimmt ist?

»Möchten Sie eine Karte beilegen?«

»Nicht nötig.«

Das Mädchen lächelt ihr vielsagend zu, und Frankie sucht nach Worten. Aber anstatt die Farce zu verlängern, ergreift sie das Päckchen und eilt davon. Manche Frauen sind Biester und verdienen keine Erklärung.

Am Abend begrüßt sie Valerie mit einem Kuß.

»War's ein netter Tag?«

»Viel ist nicht passiert.«

»Du hast mir gefehlt.«

»Wirklich?« haucht Valerie.

Frankie küßt sie wieder und schiebt ihr die Zunge zwischen die Zähne. »Übrigens, ich habe dir ein Geschenk mitgebracht.«

»Tatsächlich?«

Frankie gibt ihr das Päckchen von Bloomingdale's und beobachtet, wie Valerie kichernd das Papier zerreißt. Mit einem Jubelschrei hebt sie das schwarze Negligé hoch.

»Oh, Frankie!«

»Gefällt's dir?«

»O ja! Ich probier's gleich an, ja?«

»Nur zu.« Während Valerie im Schlafzimmer verschwindet, schaltet Frankie die Stereoanlage ein und füllt zwei Gläser mit Weißwein. Schade, daß sie keinen Champagner gekauft hat. Sie zieht die Jalousien herunter und dimmt die Lampen im Wohnzimmer.

Jetzt freut sie sich auf die Nacht. Die ganze Wut und der Schmerz des Nachmittags sind verflogen, und sie denkt nur noch an die nächsten Stunden mit Valerie.

Meine einzige Liebe, sinniert Frankie. Valerie tritt ein, die Wangen gerötet, im schwarzen Negligé. Dazu trägt sie hochhackige Schuhe. Unter den Falten des dünnen Stoffs zeichnet sich das dunkle Dreieck ab. »Ich liebe dich«, sagt sie.

»Komm her und küß mich«, erwidert Frankie.